濃厚な夜の気配に頭の芯まで支配され、
佐和紀は目を閉じて波よけにすがった。
ずくずくと繰り返すリズミカルな動きで水音が立ち、
船体に打ち寄せる波音と乱雑に絡み合う。

ラルーナ文庫

仁義なき嫁
海風編

高月紅葉

三交社

CONTENTS

Illustration

高峰 顕

仁義なき嫁　海風編

本作品はフィクションです。
実際の人物・団体・事件などにはいっさい関係ありません。

1

路地の奥に、夏めいた日差しは届かない。

ビルの陰で男が歌うのは『ラバウル小唄《こうた》』だ。

そこだけ昭和の雰囲気に変えてしまう軽妙なリズムと節回し。雪駄《せった》がコンクリートをにじるたびに、小休止とスタッカートが刻まれ、鈍い音と呻《うめ》き声が一緒くたになって地に転がる。

「そろそろ、終わりにしてくださーい」

離れた場所でしゃがんでいた三井敬志《みついたかし》が、短くなったタバコを揉《も》み消した。肩まで伸ばした髪を掻《か》き上げ、よいしょと立ち上がる。

目の前で繰り広げられる乱闘現場に眉《まゆ》をひそめ、同情を隠しもせずに手を打ち鳴らした。パンパンッと音が響く。

立ち回らせれば天下逸品。それは三井も認めるところだ。

鮮やかにへし折られた自分の前歯を思い出し、ブルッと震えた瞬間、尻《しり》っぱしょりをした和服姿の男が振り向いた。

よほど暴れ甲斐《がい》のない相手だったのだろう。殴る手を止めた佐和紀《さわき》は、繊細な顔立ちにこれ見よがしな不満を浮かべる。

言いたいことはわかっているとうなずきで応《こた》え、でもそれ以上は死んじゃうからと無言で訴えた。

汗でしっとりと濡《ぬ》れた髪を一振るいしてあきらめをつける佐和紀は、拗《す》ねているようにも見える。鋭いまなざしをついと細め、細いあごをそらして息をつく。

男の一人に摑《つか》まれて乱れた襟元に艶《つや》があり、からげた裾《すそ》から伸びる太ももは健康的に細い。男のくせに膝下《ひざした》はつるりとした肌で、足首はきゅっと引き締まっている。

すらりと小ぎれいな見た目に騙《だま》されたら、どんなひどい目に遭うか。それは、転がっている三人の男たちで証明済みだ。ハイキックをあごに食らった男は、まだコンクリートの上で呻いている。

彼らと出会ったのは、三井のタバコに火がつく前のことだった。

地方からの観光客らしい女の子たちを取り囲み、逃げられないようにしてからかっているのが、三井と連れ立って歩いていた佐和紀の気に障ったのだ。そうでなくても、日頃から暴れるネタを探しているような男だ。

これも仕事の一環などとうそぶき、清楚《せいそ》な見た目をわざと侮らせ、なぶりものにしようと意気込む男たちを巧みに路地裏へと誘導する。なまじ、そのあたりの女の子よりも色っぽいのが悪い。昔はそうでもなかったのだが、この一年で、佐和紀はすっかり脱皮してしまった感がある。

特に、こんな時は出し惜しみがない。

ヘタに口を出せば自分が殴られることを知っている三井は、まず女の子たちを逃がした。それからタバコに火をつけ、のんびりと路地の奥へ向かう。

三井の一服が終わるまでというのが、路地裏格闘を見逃すための条件だ。全員をノしていなくても、三井は終了の声をかける。

「最近、一服が早くないか」

動き足りない顔をした佐和紀が、三井の向けたタバコの箱から一本引き抜いた。手慣れた仕草で口にくわえると、受け取った眼鏡《めがね》を顔に戻す。ケンカ屋の本性を秘めた鋭いまなざしはレンズで隠されたが、あだっぽさのない清廉な美貌《びぼう》の方はまるで変わらない。

「お、覚えてろよ……」

転がっている男から呻きのような怨嗟《えんさ》が聞こえ、ライターの火を差し出していた三井はため息をつく。

「お兄さん、往生際が悪いよ。この人の強さはわかっただろ？」

「殴られ足りないんじゃない？　もうちょっと、やっとこうか」

くわえタバコで髪を掻き上げた佐和紀が声を弾ませ、三井はぎろっと両眼を剝《む》く。

「バカだろ。これだって、バレたら大目玉食らうのはこっちだぞ」

「ダイジョーブ、ダイジョーブ。口利けないようにすればいいんだろ」

「……こわいから！」

何も大丈夫じゃない。叫んだ三井は、ぐったりと肩を落とす。

睨《にら》む気力もなく、往生際の悪い男たちを見た。

「俺たち、物覚えが悪いから、すぐ忘れちゃうよ。それでも用事があるなら、『大滝《おおたき》組』まで来てもらえる？」

言ったと同時に、

「騙《かた》りもいいところじゃねぇか！」

鼻白んだ男に怒鳴られた。これも慣れた反応だ。

出す名前が大きすぎることは自覚している。でも、そこが所属組織なのだから、致し方ない。

関東最大の広域指定暴力団『大滝組』は、その動向がニュースで流されることもあるぐらいの大看板だ。

本来なら泣く子も黙る威力のはずが、看板が大きすぎてホラ吹き扱いされる。

「あぁっ？」

ガラの悪い声を出したのは佐和紀だ。

からげた着物の裾を直し、乱れた着物の衿《えり》を直しながら眉をひそめる。女にも引けを取らない美貌に鋭さが増し、眼鏡の奥で細めた目に独特の色気が差し込んだ。

「こいつはなぁ、大滝組若頭補佐・岩下周平《いわしたしゅうへい》の直舎弟だぞ」

「俺の名前を出すな」

「しかたないじゃん。俺じゃハクにもなんねぇだろ」

「ハクなんかいらねぇんだよ。組事務所ならいいようにあしらってくれるから、名前出すんだろ。正体まで明かさなくていいんだって。いい加減、覚えろ」

「うっせぇよ」

男たちそっちのけで言い争う。

自分の落ち度を認めない佐和紀は、あごをそらして砂利を踏んだ。

「大滝組の三井んとこに来たら、いつでも俺が遊んでやるよ」

意気揚々と名前を出され、食ってかかるのはあきらめた。代わりに後へ続ける。

「そーそー、ここにいらっしゃる『こおろぎ組の狂犬』さんが……」

「え。こおろぎ組、って……？」

ハタッと沈黙が流れ、一瞬ののちに緊張が走った。

「ヤバい。あいつ、新条《しんじょう》だ。ヤバい……ッ」

両手両足をバタつかせた男たちは、ひいっっと悲鳴をあげた。悪態をついていた男までもが、なりふりかまわず一目散に逃げ出す。足をもつれさせながら消えていく背中を見送り、化け物扱いされた佐和紀はタバコの煙を吐いた。

　隣に立った三井は、ひょいと顔を覗《のぞ》き込む。

「やっぱり、ゴロツキ相手にはおまえの方が名前が売れてんな。『大滝組』より効き目があるって、腹立つんだけど」

「『周平』もお偉いさんには一発なんだろ」

「そりゃあ、もちろん。そうでなくちゃ」

　三井がアニキと慕うキレ者のインテリヤクザだ。

　大滝組若頭補佐の一人であり、凄腕《すごうで》渉外担当かつ最強の金庫番。古参の幹部たちは煙たがるが、若手からは組織を背負って立つ男だと注目されている。

　ヤクザネタを扱う月刊誌でも、『若頭・岡崎《おかざき》の懐刀』『若手ホープの筆頭』『平成の伊達《だて》男』とおおげさな見出しをつけられるほどだ。

「今日はあと三軒回るぞー」

　路地を出た三井は、両手を突き上げた。チンピラに絡まれた女の子たちを見つける前は、シマの中にある店舗を回っていたのだ。これが三井の通常業務であり、佐和紀は暇に飽かしてついてくる。

「みかじめの徴収も一軒あるから、ほんと、ご機嫌な顔してろよ。おまえが役に立つのはそこだけだから」

三井が釘《くぎ》を刺すと、佐和紀はあらぬ方を見た。

「ちょろっと関節でもキメれば、すぐ払うのに」

「……訴えられるっつーの！」

年々、暴力団への取り締まりはきつくなる一方だ。

かといって、カタギにへこへこして、威厳を失うわけにもいかない。見栄とはったりのためなら剣山に乗っても笑っていろと、住み込み見習いの『部屋住み』だった頃は、耳が痛くなるほど言われた。

「タカシ！」

正規の構成員になってからも、教えは身の底にあり、躾《しつけ》というものは侮れない。

控えめなクラクションが響き、名前を呼ばれた三井は車道へ目を向けた。ピカピカに磨き上げられた黒い大型セダンの運転席から手招かれる。

佐和紀を伴って近づくと、世話係三人組の最年長である岡村慎一郎《おかむらしんいちろう》が、車の中から礼儀正しく頭を下げた。

「おつかれさまです」

「おつかれ」

軽い口調で返された岡村の表情は、本人の自覚なしに明るくなる。黙って見ていた三井は、下がり始めた後部座席の窓ガラスに気づき、姿勢を正した。

「おつかれさまッス！」

勢いがつきすぎて語尾が跳ねる。直角の一礼を眺めた周平は、いつものニヒルな笑みでくちびるを歪《ゆが》めるだけだ。

理知的かつ精悍《せいかん》な顔立ちにかけた黒縁の眼鏡が太陽を反射したように光る。いかつさはないが、線が細いわけでもない。インテリヤクザにしては精力的な雰囲気があり、肩書を口にしなければ十中八九、政治関係者か会社役員に見られた。

『抱かれたいヤクザ』のランキングがあれば、間違いなくダントツ一位をかっさらうはずだ。

隙《すき》のない三つ揃《ぞろ》えスーツの胸元に締めるネクタイは禁欲的な色気を醸し、撫《な》でつけた髪とお堅い眼鏡のコンビネーションが近寄りがたく怜悧《れいり》だった。

そのネクタイがゆるめられ、眼鏡がはずされるとき、周平の本領は発揮される。三つ揃えの奥に押し込められた色情が指の先に見え、三井は佐和紀の袖を引いた。

「タカシの付き合いか」

舎弟に向ける冷淡さが微笑《ほほえ》みに掻き消され、うなずく佐和紀もまたケンカ屋の性分とは別の笑みで応える。互いの視線が一瞬だけ柔らかく絡んだ。

今朝《けさ》も同じ部屋で目覚め、布団へと忍んできた周平をかわすのに苦労したことを思い出す。そのとき触れられた内太ももの敏感な場所が、いまさらにジワリと熱を帯びた。

「周平は、どこへ行くの」

ガードレールの切れ目に停車しているセダンの窓に手をかける。その指先をさらっと撫でられ、佐和紀は雪駄からかかとを浮かせた。

ささやかな仕草さえ愛撫《あいぶ》に変える周平は、自分の身体《からだ》で仕込んだ女を武器に成り上がってきた。『女衒《ぜげん》』と揶揄《やゆ》されることもある『元・色事師』だ。

「達川《たつかわ》組だ」

何気ない返答にさえ色香を感じ、佐和紀は落ち着かない気分になる。朝の寝室でささやかれた言葉が耳に甦《よみがえ》り、胸の柔らかい場所がなぶられる気がした。せつなさと甘酸っぱさがないまぜになり、

「あぁ、あそこ。組長さんは元気かな」

なんでもないふりで口にした言葉が浮わつき、やけに明るくなってしまう。

「おまえを連れてこいってうるさいから、顔を合わさないようにしてたんだけどな。直々にお呼び出しだ」

わざと不機嫌にしてみせる周平を、佐和紀は窓の外から覗き込む。凛々《りり》しい眉と精悍な

頬《ほお》は、自分にない美男ぶりだ。どれほど眺めても見飽きず、朝に送り出してから半日も経っていないのにまた見惚《みと》れてしまう。

大滝組若頭補佐の一人である岩下周平の『男嫁』になって一年と数ヶ月。古巣の『こおろぎ組』から組長のために嫁入りしたのは寒い二月のことだ。

初めてくちびるが触れたときから、今に至るまで、佐和紀は毎日恋に落ちている。相手はもちろん、周平だ。

「話がある」

十歳近く年上の旦那《だんな》が小さく息をつく。身を乗り出し、運転席の岡村へ向かって「十五分」と声をかける。

「五分ほどでお願いします。この先の道が混んでますから」

答えながら車を降りた岡村が後部座席のドアを開けた。乗り込む佐和紀の頭がぶつからないようにルーフのふちをかばう。

「話って、なに？　また、達川組が……」

ドアが閉まると、窓にスモークの貼《は》られた車は小さな密室に変わる。佐和紀が言い終わる前に周平の身体が傾《かし》いだ。

「え……、ちょっ」

腰が抱かれ、着物が乱れる。そのまま覆いかぶさられ、顔が近づいた。息が吹きかけら

れると、くちびるを開かずにはいられない。下くちびるを優しく吸われる感覚に、

「ん……っ」

　朝に交わしたキスの濃厚さを思い出し、佐和紀は慌てて身をよじった。身体の間に割り込ませた腕で、周平を押し戻す。

「話があるって言っただろ」

「キスがしたくなった」

「あのさぁ……」

「ケンカしたのか」

　眼鏡をスーツの胸ポケットへしまった周平の指に、佐和紀のあご先が捕えられる。

「え？　……し、してないよ」

　あれはケンカじゃない。街の治安を守っただけだ。

　このあたりは大滝組のシマだから、女の子も安心して歩けるように、野良犬をぶちのめしたに過ぎない。

　佐和紀はまず、自分自身に言い聞かせた。それからでないと、高学歴な旦那をごまかせない。

「本当か？　じゃあ、どうして、路地から出てきたんだ」

　周平の手が、佐和紀の眼鏡を額へとずり上げる。

「そのあたりのチンピラならいいとか思うなよ？　それで遠野《とおの》組の能見《のうみ》をうっかり仕留めたんだろう。忘れるな。相手次第じゃ厄介なことになる」

何もかもを見透かす上に、狙《ねら》った獲物を逃さない男の目は鋭い。圧倒的に強い雄の視線に晒《さら》され、佐和紀はぞくっと震えた。

裾を乱され、膝を掴まれる。周平の指が内側に当たり、性感のスイッチでもあるのかと思いたくなる痺《しび》れに身体を包まれた。思わず腰が引ける。

「……あ……ッ」

声が漏れ、佐和紀は相手を睨んだ。

くちびるが、さびしくてたまらない。

「キスしたくなっただろう」

勝ち誇った笑みで図星を指されても、嫌いだとは思えなかった。むしろ、愛情がとめどなく溢《あふ》れ出す。

閉じ切れずに開いたくちびるが吸われ、キスが始まる。まぶたを伏せて受け入れると、手のひらが優しく肌を撫でていく。

女さえろくに知らなかった佐和紀の身体は、ときに優しく、ときに激しく、周平のセックスに快感を教えられた。

愛する相手と肌を重ねる心地良さには、甘酸っぱいせつなさも混じり、絶対的な信頼感と圧倒的な解放感は味わうほどに深く身に染みる。

「……ふっ、ん……」

艶《なま》めかしい舌使いで歯列をなぞられ、佐和紀の腰が熱くなっていく。快感を求める欲望が目覚め始め、着物の内側で膨らみに変わる。

「乗っていくか、佐和紀。向こうへ着くまでの間に、どうにでもしてやる」

「いやだ……」

運転席には岡村が乗るのだ。見られるのも聞かれるのも避けたい。かといって、こんな往来のど真ん中でされるのも困る。

「離せ、よ……」

「いやだ」

佐和紀の口調を真似《まね》た周平に首の後ろを摑まれた。十歳近く歳《とし》が離れているのに、周平はときどき子どもっぽく佐和紀を困らせる。佐和紀が吹っかけた別居込みの夫婦ゲンカの後からだ。

素の顔を見せられ、佐和紀の胸の奥がじわりと濡れる。

指で首筋を撫でられ、もう片方の手に足をさすられた。

拒もうとして吸い込んだ息に周平の香水の匂《にお》いがして、目眩《めまい》を感じる隙もなく、またくちびるが重なる。

周平の身体はどこもかも温かくて、触れられた場所から蕩《とろ》けていきたくなる。

自分の理性なんて裏切って、しどけなく身体を開きたい。その奥にあるぬかるみを掻き回され、二人だけですすり合う濃厚な交歓に浸りたい。

「んっ……、ふ……ぅ」

スーツの襟を摑み、ネクタイに指を絡める。

もうどうにでもなれと思った瞬間、チュッと甘い音を立ててくちびるが離れた。

「本当に抜いてもいいなら、してやる」

欲情を滾《たぎ》らせた周平のまなざしは、息を呑《の》むほどに男だ。なのに、その奥にある淡い感情は自身を強く律している。『させろ』とも、『しろ』とも言わない周平の優しさが、今日も佐和紀の胸に熱っぽく響く。

「しなくて、いい」

両手を周平の頬に添え、精悍な目元を見つめる。

互いの中に芽生えた情欲の翳《かげ》りを覗き合い、顔を近づけて舌先を伸ばした。濡れた肉同士は卑猥《ひわい》にぬめり、淡い感覚が身体中を疼《うず》かせる。

狙いすましたように、コンコンと窓が叩《たた》かれた。約束の五分が過ぎたのだ。

「少しでも、会えて嬉《うれ》しい」

素直な気持ちを口にした佐和紀は、繰り返し指を動かした。うっとりと周平の頬を撫で

る。剃《そ》り残しのない肌は滑らかで、明け方にちくりと刺してくる髭《ひげ》が恋しい。

目元を歪めた周平のくちびるに追われ、爪《つめ》の先を口に含まれる。指に舌が絡んだ。ちゅぅと吸い上げられ、着物に隠れた乳首が焦《じ》れる。指にいじられくちびるに含まれる感覚がまざまざと甦り、佐和紀は熱っぽく息を漏らす。

唾液《だえき》で濡れた肌が空気に晒され、またくちびるが重なる。互いの舌を絡め、唾液をすすり合って求める。

周平の首に腕を回した佐和紀は、名残惜しそうに離れる周平の身体をあきらめ悪く引き戻した。

「行ってくる」

今日二度目の台詞《せりふ》を、周平は平然とした顔で口にする。キスの余韻さえ見せない本心は知っていた。

首にしがみついたままの佐和紀は引き起こされ、周平が自分の眼鏡を顔に戻した。それから、額にずり上がった佐和紀の眼鏡も戻す。さらに、前髪を指先で整えられた。

ここでのセックスは受け入れられないのに身体を離すこともできない佐和紀を、周平は困りきった顔で見てくる。

「佐和紀。たまに身体を動かすぐらいのことには、何を言うつもりもない。……まぁ、誰《だれ》を半殺しにしたってな、俺が火消しに回ってやる。そのための『旦那』だろう?」

「おとなしくしてる。おまえの迷惑になりたくない」

ものわかりのいいふりをして答えると、ほろ苦く笑いかけられた。

「迷惑ぐらいかけてくれよ。つまらないだろう」

周平からの短いキスを目途《めど》にして、佐和紀は首に巻きつけた腕をほどく。

「そんなに暇じゃないくせに」

このまま車の中で始めてしまうほど、二人が即物的になれないのと同じ話だ。周平には仕事があり、そのほとんどはセックスよりも重要度が高い。

振り切るように背中を向けて、佐和紀は車を出た。

タバコを吸いながら待っていた岡村と三井が振り向く。

「終わった」

着物の乱れを手早く直して声をかけると、岡村が靴の裏でタバコを消した。吸殻を三井に渡し、すぐさま車へ戻る。

「……早かったな」

くわえタバコで器用に話す三井は、吸殻を携帯灰皿へ押し込んだ。さりげなく滲《にじ》むいやらしさに気づき、佐和紀は無言でその頭を殴りつけた。

「今のって、俺が悪いの？　違うだろッ！」

キィッと叫んだ三井は走り出す車に気づき、最敬礼の姿勢を取る。佐和紀は隣で手を振った。窓からわずかに出ていた周平の指が引っ込む。

ほんの少しだけ、後ろ髪を引かれる心地がした。仕事より自分とのセックスを取ってくれとは思わない。だけど、仕事に打ち込む旦那の頼もしさが胸を満たし、ただひたすらに甘酸っぱい。

「おー、美人だねぇー」

わざとらしく顔を覗き込んできた三井は、ふざけたのと同時に後ずさった。ケラケラと陽気に笑って、歩き出す。

殴られる前に逃げた世話係の背中を見据え、佐和紀は着物の帯に指を引っかける。周平の腕を思い出す腰へと落ち着け、ふらりとその場を後にした。


三井の外回りに一通り付き合い、最後の店では女の子の愚痴ともノロケともつかない恋愛話を二人して延々と聞かされた。おもしろいはずもないそれは、途中から同じところをぐるぐる回り出し、解放された後でどっと疲れが押し寄せる。

さすがにげんなりとした三井が、迎えを呼び忘れたと気づいたのは、店を出てからだった。

「ほんっと、あんたは女の子の愚痴に強いよな」

「半分も聞いてない」

憔悴《しょうすい》している肩を、佐和紀は慰め半分に叩く。

真面目《まじめ》に聞くから辛《つら》くなるのだ。生活のために性別を偽り、女装で安スナックのホステスをやっていた佐和紀は、女の生態をよく知っている。向こうが反応を求めてくるときだけ、深くうなずいて先を促す。それだけのことだ。

「はぁー、あれがなきゃ、女は最高なんだけどなぁ」

大通りのタクシーに向かって三井が手をあげる。

初夏になって、夕暮れはずいぶん遅くなった。日は傾いているが、夜の気配はまだ遠い。

「あの子、おまえに気があるんだろ」

「うぇっ？」

変な声を出した三井が目を見開く。佐和紀は苦々しく顔を歪めてみせた。

「気づかなかったのぉー。タカシくん、どんかーん」

「あんたに言われんのか」

「彼氏がいないとさびしいって話、おまえに向かって三回繰り返してただろ」

「あー、あれ。そうなの？　いっつもだけど」

「じゃあ、いっつも気を引いてんじゃない？」

そっけなく言って、タクシーへと三井を押し込む。

「寝たことないの？」

隣に乗り込んで聞くと、行先を告げていた三井が厳しい顔で振り向く。単なるポーズだ。

「手が早いのは、誰に似たんだろうなぁ」

「アニキのあれは、そういうんじゃねぇよ」

佐和紀のからかいで、あからさまに不機嫌な顔をする。

「俺の旦那だよ。おまえが、膨れるところか？」

「うっせ。俺のアニキだ」

ぷいっとそっぽを向いた三井は、流れ出した車窓の景色をしばらく眺め、くるりと振り向いた。

「俺さー、出しちゃダメなとこにすぐ手ェ出すんだよなぁ」

「そういえばそんなこと、タモツも言ってたな」

世話係の最後の一人。短い金髪がトレードマークの石垣保《いしがきたもつ》。薬学部出身で麻薬製造の前科アリという経歴の、頭が良いのか悪いのか、非常に難しいラインにいる男だ。

「あの子は、タモッちゃんからアウト食らったんだよなー」

しばらく他のヤツに任せておこうと、三井がため息をつく。

佐和紀は後部座席のシートに頭を預ける。

見慣れた街の隙間に見えた海が、ビルの群れに阻まれて消える。一瞬の幻のような景色に過去の記憶が重なった。

生まれ育った横須賀の海だ。坂の上から見た思い出の色は、青とも鈍《にび》ともつかない。

ぼんやりとしている間に、タクシーは大滝組の屋敷に近づいた。表門を通り過ぎ、裏口付近で停めてもらう。

三井が支払い終わるのを待ってから外へ出た。

「なぁ、表門に誰か立ってたよな」

タクシーが走り去るのを眺めた三井が言い出し、二人で屋敷の角を曲がる。あたりは静かな住宅街だ。暴力団の抗争が激化した戦後のはるか前からここにあり、敷地面積は驚くほど広い。

ぐるりと敷地を取り囲む高い塀と格式高い表門。通用門の脇《わき》に、小さな身体はひっそりとうずくまっていた。

「子ども？」

佐和紀がつぶやくと、

「誰かの隠し子だったりして」

人の悪い笑みを浮かべた三井は肩をすくめる。

膝の破けたズボンと、首周りの伸びたTシャツ。お世辞にも裕福そうとはいえない服装だが、身体つきはごく標準的だ。身体よりも先に育ってしまった長い腕が膝を抱えている。

丸まった背中が頼りない少年が、二人に気づいて顔をあげた。

佐和紀を見るなり、両眼がパッと輝いた。バネのように跳ね起き、地面を蹴《け》る。

飛びつかれる寸前に、三井が割って入った。

「おっと……っ！」

子どもを受け止めた勢いで傾ぐ身体を、佐和紀が抱き止める。

佐和紀を守ったつもりの三井は、驚いた顔で振り向いた。不満げに睨まれ、

「長屋の子だ」

と答えた。正体は顔をあげた瞬間からわかっていた。

「なんだ。姐《あね》さんの隠し子か。え！　それ、ヤバくない？」

わざとらしく驚き直した三井の頬を押しのけ、少年の腕を引いた。

「何してんだ」

そう聞くと、見上げてきた顔がくしゃくしゃに歪む。

「光《ひかる》。泣くなよ。男の子だろ」

その場にしゃがんだ佐和紀は、伸び放題になっている髪をかき混ぜた。ぐっと奥歯を噛《か》みしめた光が、Tシャツの裾で涙を拭《ぬぐ》う。

周平のもとへ嫁ぐまで、佐和紀の所属する『こおろぎ組』は、下町の貧乏長屋に事務所兼自宅を構えていた。そこで組長と構成員一人の組として生計を立てていたのだが、今は

事務所と組長宅に分かれ、それぞれ別の場所に移転している。

大滝組へ身を寄せていた幹部たちが戻り、構成員も増えた。かつての貧乏が嘘《うそ》のような盛り返しぶりだ。

佐和紀と長屋の住民との付き合いは、たまにふらりと足を向け、老人と将棋を打つ程度のものになっていた。

「どうした？　俺に用があって来たんだろう」

佐和紀はなるべく優しく話しかけた。長屋と大滝組の屋敷はかなり離れている。それを歩いてきたのだから、たわいもない理由ではないだろう。

「もう晩ご飯の時間じゃないのか。光、里美《さとみ》さんが心配してんぞ」

「母さん、出ていっちゃった……」

「え？」

「帰って、くるって、言ったけど……。もう、三日、もっ」

「繁《しげる》さんは？　家にいるのか」

口にした先から嫌な予感しかしない。光の父親である浜口《はまぐち》繁はギャンブル依存症だ。大負けすればしばらく止まるが、またいつのまにか手を出し、嫁の里美が断ち切り鋏《ばさみ》を摑んで追い回すようなケンカも日常茶飯事だった。

「……連れ、て……かれッ」

声を喉《のど》に詰まらせ、光は腕で顔を覆った。そのましゃがみ込んで泣き出す。

「タカシ、車を出してくれ。長屋で詳しいことを聞いてみる」

ここでは人目につくし、暴力団の組屋敷に連れ込むのも気が引ける。光を促して屋敷から離れ、裏にある中華料理屋の前で三井を待った。小回りの利く中型の外車に乗り、長屋へ向かう。

二棟のオンボロ木造家屋が向かい合った敷地に入ると、前掛けをかけたおばちゃんたちがわらわらと駆け寄ってきた。

光の行方が知れないと、すでに騒ぎになっていたらしい。

「あんた、どこ行ってたの！」

「探してたのよ！」

「あら、やだ。誰かと思ったら！」

一人が声をあげ、残りの三人が目を丸くする。

「佐和紀ちゃんのところへ行ってたの！」

「まぁまぁまぁ！　迷惑かけちゃって……！」

「ご無沙汰《ぶさた》してます」

軽く会釈すると、四方八方から伸びてきた手に肩やら腕やらを叩かれる。

「ホントよぅ！　すっかりご無沙汰！」

「こんな立派になっちゃって」

「あんな暴れん坊が……ねぇ……」

一人が目尻を押さえると、残りの三人もつられて目尻を押さえる。懐かしい騒がしさに、佐和紀はしんみりと目を細めた。

その後ろで三井が声を低くする。

「本題……。本題に入れよ」

せっつかれて我に返った佐和紀が光の両親について尋ねると、おばちゃんたちは我先にと話し出す。

「そうなのよぅ！　里美さん、実家に帰っちゃって！」

「繁さんも昨日から姿がないのよ！」

「それにねぇ……」

「あんた、それは……」

おばちゃんたちは目配せし合って口ごもる。

「繁さん、誰に連れていかれたの？」

口火を切ってやると、

「そうなのよ！　すっごい恐《こわ》い声で怒鳴る男たちが来てねぇ」

「あれは、ヤクザね」

「違うわよ。あんなゴロツキ、こおろぎ組には出入りしてなかったでしょ」

「でも、違うところのヤクザよ。絶対だわ」

「その男たちに連れていかれたってこと？」

隙を見て言葉を差し込む。おばちゃんたちが一斉に振り向き、一斉にうなずいた。

「お金を借りてたらしいわ」

「里美さんは返済の工面をするために帰ったんだと思うけどねぇ」

「マトモな金貸しじゃないわよ。光なんて、押入れに隠れていたのを引っ張り出されてねぇ。そりゃもう、私たちが必死で止めたのよ」

「警察に相談しようかって話もあったんだけどね」

おばちゃんたちがまた目配せをし合う。

「……ここにはあんたたちの家もあったじゃない。松浦《まつうら》さんにも、あんたにも、迷惑かけられないし」

「そんなこと……」

佐和紀は眉をひそめた。

「早く相談してくれればいいのに。俺にでも、オヤジにでも」

「……だから、佐和紀ちゃんのところへ行ったのかも」

おばちゃんの一人が、光へと視線を向けた。

「実はね、その男たちが近所にまで嫌がらせしててねぇ……」

その言葉に過剰な反応を見せた光が、びくっと揺れた。佐和紀の腰へとしがみついてくる。

「佐和紀さん、お願い！　僕のこと、かくまって！　僕がいると、みんなに、みんなに……」

後はもう言葉にならない。光は大声をあげて泣き出した。涙が佐和紀の着物を濡らすと慌てたおばちゃんたちに引き剝《は》がされそうになり、首を振って抵抗する。光はさらに泣き叫んだ。

「……姐さん。それ、ダメだと思うよ」

おばちゃんたちの手を遮った佐和紀の背後から、三井がささやいてきた。低い声は冷静だ。

「アニキ、どうすんの？」

心を見透かされ、返す言葉がない。

かつては佐和紀もここの住人だったのだ。警察にもこおろぎ組にも頼らないと決めている心根に嘘がないこともわかる。だからこそ捨て置くことはできない。

「おまえからうまいこと言っておいてよ」

光を抱き寄せ、佐和紀は肩越しに振り向いた。

「マ、マジか……」

三井がのけぞって後ずさる。

「助かるわぁ、佐和紀ちゃん」

「ごめんなさいね。こんなことになって」

おばちゃんたちはホッと息をつき、胸を撫で下ろした。

「みんなには、世話になったから」

佐和紀ははっきりと答えて、くちびるを引き結んだ。

あの頃の恩があるのは、おかずを分けてくれたおばちゃんたちに対してだけじゃない。

上納金や組長の交際費をまかなうことに必死だった佐和紀を見て、繁はいつも少しだけ金を融通してくれていた。それがギャンブルで当てた金だったときは、返さなくてもいいとまで言ってくれたし、妻の里美も「あの人はバカなのよ」という一言で片付け、見て見ぬふりをしてくれたのだ。

ものごとの後先をまるで考えない、繁の陽気な笑顔が脳裏に浮かんで消える。悪い男ではない。でも、どうしようもなく意志の弱い、どうしようもなく優しい人間だった。

だから、あの夫婦を『常識』だけで切り捨てられない。

「どーすんの」

青い顔で繰り返す三井のぼやきを睨みつけ、佐和紀は「どうにでもしてやる」とうそぶいた。

＊＊＊

そして、その翌日。

「おまえのせいだよ。おまえのッ……」

片眉をひきつらせた三井の指が少年に向けられた。佐和紀が手のひらで払うと、

「ひっどい目に遭った。……あぁ、しばらく酒は見たくもない」

縁側であぐらをかいた三井が唸《うな》る。

「すみませんでした」

ただでさえ細い子どもの肩が恐縮しきって、さらに小さく小さく縮こまった。

「君が謝ることはないよ。自業自得だから。報告しないなんて……」

はぁっ、と息を吐き出した石垣こそ、もらい事故並みの不幸だろう。ドジを踏んでもいないのに、佐和紀から別居を頼まれた周平の憂さ晴らしに付き合わされ、明け方まで飲まされたのだ。

事の次第を前もって周平へ報告するように佐和紀から頼まれた三井が、周平恐さに報告を怠っていたのが元凶だった。それ以前に、新婚夫婦の愛の巣で子どもをかくまい、平然

と旦那を追い出した佐和紀の判断に問題があるのだが、そんなことは誰も口にできない。

「まぁ、誰のせいかって言えば、光のせいだな。それは間違いない」

口にくわえたタバコを抜き、溜《た》めた煙を一気に吐き出す。紫煙がゆらゆらと広がり、ピースの濃い香りが残る。

佐和紀の言葉に三井と石垣が振り返った。少年は膝で拳《こぶし》を握ったまま、うつむく。

「長屋にいることだってできたわけだし、本当はそれが一番だろう。嫌だって泣いたのは、自分だからな。嫌がらせぐらい聞くのが筋だ」

素直にこくんとうなずく光は、利口そうなくちびるを引き結ぶ。相変わらずよれよれの服を着ているが、伸びっぱなしの髪は撫でつけてある。

「おまえにとっちゃ、長屋のツレに頼む程度のことかもしれないけどな。俺は昔とは立場が違う」

佐和紀はタバコをふかしながら言った。

「昨日、廊下でスーツの男を見ただろう。あれが俺の後ろ盾だよ。大滝組の若頭補佐だ。上から数えた方が早いぐらい偉い。おまえを預かることを承諾したのは、俺が頼み込んだからだ。ヤクザは慈善事業なんかしないからな。……で、本当ならおまえがつけるケジメを、こいつらが引っかぶったわけだ。わかるか。こっちの世界は、長屋と違って、味噌《みそ》や醤油《しょうゆ》を借りるようなノンキさはない。ヤクザにものを頼むってのは、それほど簡単なことじゃない、って言ってんだよ。それだけ、覚えていて欲しいんだ」

三井と石垣は、黙って成り行きを見守っている。佐和紀はまた静かに煙を吐き出した。

「それにしたってな。今回のことは繁さんが自分でまいたタネだ。里美さんも、愚痴るわりには別れないいな」

「……姐さん、子どもの前だろ」

さっきまで光をいびっていたはずの三井が声をひそめる。佐和紀は鼻で笑い飛ばした。

「会話なんて筒抜けの長屋で育ったんだ。これぐらい平気だって。光。そうだろう？」

「父さんが悪いのはわかってるし、佐和紀さんの迷惑になることもわかってる。何をしたら返せるかわからないけど、だけど、できることならなんでもするから……！　だから、お願いっ！　父さんを、捜して……ください」

勢いよく頭を下げた光の肩がわなわなと揺れる。涙をこらえた肩はいっそう頼りなげに見えた。小学校の高学年とはいえ、光はまだまだ子どもだ。

短くなっていたタバコを指で摘《つま》んだ佐和紀は、

「おまえらも、たいがい人がいいよな」

自分に向けられた三井と石垣の視線に気づいて眉をひそめた。口にはしないものの、佐和紀の安請け合いを期待している。任侠《にんきょう》道を掲げる大滝組に籍を置いているのだ。すがる子どもをむげにはできない。

昨日の夜、周平から暗黙の了解も得たのだろう。

「とりあえずは、今夜の食事を考えよう。明日には、拉致《らち》した相手もわかるしな」

ため息混じりに煙を吐き出す。

繁の借入残高と貸主については、妻の里美に連絡が取れた。その中に闇金《やみきん》は含まれていなかったので、誰にも言わずに借りている先があるのだろう。その調査には岡村が動いている。

「さっさと見つけて、さっさと終わらせてぇよ……」

肩まで伸ばした長い髪を掻き上げ、二日酔いの残る青白い顔をした三井が弱りきった声を出す。

「……アニキ、怒ってるぞ。追い出すような真似して」

「追い出したわけじゃない。あいつが二、三日帰ってこないことなんてザラだし。別にいいじゃん」

「『いいじゃん』じゃねぇよ。いいわけがねぇだろ。お気楽ゴクラクか、おまえは」

意味のわからないことを口走った三井は昨日を思い出すように遠くを見る。ガシガシと自分の頭を掻きむしった。

「昨日だけで、あれだぞ。時間がかかったら、冗談になんねぇ……。っていうか、姐さんが『お仕置き』されたら済む話だったんじゃねぇの!?」

ガバッとあげた頭を、片膝立ちになった石垣が思いっきり張り倒す。

「痛ってぇよ、タモッちゃん！　だって、そうだろ！　ヤッときゃ、アニキが苛立《いらだ》つこともないし！　……知ってんだろ。アニキとの関係」

三井からいきなり話を向けられ、光はきょとんとした顔になる。どういうことかと聞きたげな視線を向けられ、佐和紀は目を細めた。黙って石垣へ目配せする。

『結婚』については光も知っている話だ。でも、その裏にある男同士のそれを小学生に想像させるのはさすがにひどい。

佐和紀が言葉にしなくても察している石垣は、もう一発、ツレの後頭部に平手打ちをかました。

「悪かったよ……。でもなー。恐ぇもん。アニキ、浴びるほど飲んでただろ。黙ってさー。ぐいぐい、ぐいぐい……。恐ぇよ。恐ぇ……」

「気にするな。ヤクザだから恐くて当たり前だ」

佐和紀が声をかけると、落ち着きをなくしていた光の視線が止まった。

「挨拶《あいさつ》とか……しといた方が」

「関《かか》わらなくていい。俺がどうこうされるわけじゃない。昨日だって、おまえが不安がると思って、俺を残して行ったんだ。そういうヤツなんだよ。……なんだよ」

石垣から向けられる視線に気づいたが、

「いえ……」

短い髪を金髪に染めた男は、かすかな笑みでさらりと逃げる。ノロケだと言いたいのだろう。それは事実だ。

誰から見たって申し分のない色男だし、佐和紀に対しては最高級に甘い。昨日だって、車の中ではできなかったことをしようと、周平なりに早く帰ってきたのだ。なのに、つれなく追い出され、内心ではヤキモキしたに違いない。

それでも、周平はぐっと耐えてくれる。ありがたいと思う一方で、三井の言う通りだとも思った。昨日のうちに抱かれておく方がよかったかもしれない。昼間も我慢させ、夜もすげなくしたのだ。

佐和紀だって本心は真逆で、帰宅した周平を見ただけで身体の奥が熱くなった。廊下の壁に追い込まれ、スーツに添わせた手はめいっぱい迷った。引き寄せるべきか、押し戻すべきか。

香水と体臭の混じり合った男の匂いに頭の芯《しん》はジンと痺れたが、不安を募らせる光を誰にも任せられなかった。世話係は信用できるが、預かった初日からそんなことでは責任感がない。

そんな佐和紀の思考を瞬時に読んだ周平は、代わりに三井たちを呼び出せと言ってあきらめた。

もしも昨日のことで周平の性欲に限界がくるのなら、最悪、三十分にも満たない逢瀬《おうせ》に応えて車へ乗り込めばいい。カーセックスは窮屈だけど、その狭さも悪くはない。時間を置けば、『とりあえず足を開くから許して』というおざなりなニュアンスも回避できる。

大人の余裕を見せ、たっぷりと恩を売っていった周平の優しさを思い出しながら、佐和紀は髪を耳にかけた。

「タモツ。おまえは周平が恐くないのか」

からかうつもりで声をかけると、縁側に姿勢よく正座した石垣があごを引く。

「とっくに腹をくくってますよ。……姐さんの世話係って、こういうことですから」

「なんだよ。いけすかねぇな。おまえは二日酔いにならないの？」

「……タカシは飲み方がバカなんです」

『バカ』を強調して、楽しげに笑う。その横で三井が不満げに口を尖《とが》らせる。石垣は続けて言った。

「飲まされても、俺はその分、吐きます」

「もったいない」

「付き合い酒で身体壊したくないですから」

「そういうのを……、『合理主義』って言うんだろ」

指に挟んだタバコの先を向けて見据えると、石垣は困ったように笑った。それを見た光が、ぽつりと口を挟む。

「石垣さん、嬉しそう。……やっぱり、佐和紀さんってモテるよね」

子どものなにげない一言だ。わかっている。なのに、大人三人はピシリと凍りつく。

止めていた息をブハッと吐き出して、三井がぶるぶるっと髪を振り乱した。

「いやいやいやいや、いやいやいや。俺は違うし」

「今夜は、居酒屋で食事するのがいいですね。子ども向けのものも揃いますから」

石垣までもが、素知らぬ顔で話をそらす。

「否定しとけよ。タモツ」

思わず突っ込んだ佐和紀の声も無視して、

「どこの居酒屋にしましょうか」

作り笑いを顔に貼りつけた。

「おまえ、誰かに似てきたな」

「誰のこと？」

三井が佐和紀を見る。

理性的なくせに、自分の感情に対してだけは一歩も譲るつもりがない男だ。世話係の最年長者であり、もっとも扱いやすく、もっとも不可解な男。

「んー……？　シンさんか」

閃《ひらめ》いた三井は、ぽんと手を叩いた。そして、くるりと光を振り向く。物見高く、にやにやと笑う。

「それはそうと、みんなって誰？　ちょっと話してみろ」

佐和紀はその肩を押しのけ、石垣に視線を送った。

「タモツ、おまえが止めろよ」

「いえ、俺も興味が……」

「んなの、子どもの冗談に決まってるだろ。大人が、何を本気に……ッ。おまえら、いい加減にしろ！」

「冗談じゃないよ、佐和紀さん。もしかして気がついてなかったとか」

光が眉をひそめたのは、冗談で片付けようとしたことに不満があるのか、それとも、人の好意に気づかない鈍さを責めているのか。どちらにしたって、佐和紀にはおもしろくない話題だ。

噂話《うわさ》のどれを話し出すかによって、佐和紀が悲鳴をあげることになる。

「なになに？　どんな話？」

「たーかしぃー」

「姐さんはちょっと黙って。それって、相手は女？　男？」

「佐和紀さんは男の人にもモテますよね」

「だよなー。知ってるー。で、女ってのはどんなの？」

いつもなら殴りつけているタイミングだ。でも、佐和紀は握った拳を振るい損ねた。光が笑っていたからだ。昨日から今日にかけて、ずっとこわばっていた顔に、やっと笑みが浮かんでいる。しかたなく拳をほどき、次のタバコを口に挟む。

話の輪から抜け出た石垣が、すかさずライターの火を差し出してきた。

「惚《ほ》れられた話なんて意味あるのか。惚れた話じゃないのに」

「惚れた話もあるんですか」

「ないから言ってんだろ。バァカ」

煙をわざと吹きつける。煙たそうに身を引いた石垣はまた、三井と光の会話へ戻っていく。

佐和紀は庭に目を向けた。

そこだけ雪をかぶったようなユキヤナギと、日差しに明るい山吹の花の色。眩《まぶ》しさに目を細め、眼鏡を手の甲で押し上げる。こみあげた吐息を飲み込んだ。

佐和紀の話で盛り上がる三人の声を背中で聞きながら、立てた両膝に腕を投げ出した。怠惰な格好で、手を使わずに歯で支えてタバコを吸う。

周平の我慢はあと何日もつだろうか。そして、自分は果たして、どれぐらい我慢できるのか。

ぼんやり考えながら、もうすでに我慢はできていないと気づいた。魂が煙と一緒に出ていきそうなほど周平のことを考えている。誘われてもいないカーセックスのことで頭がいっぱいだ。

「あー……」

「どうかしましたか」

石垣に顔を覗き込まれ、言いかけた言葉をごくりと飲み込む。『ヤりたい』なんて、うっかり口にしようものなら大恥をかく。

「腹が減ったな」

適当に答えた。

「母屋から食べるものをもらってきます。……子どもに見せられる顔じゃないですよ」

チクリと刺して立ち上がるところが、やっぱり岡村に似ている。以前はそうでもなかったのにと思いながら睨みつけ、

「男がエロいこと考えて何が悪い。羊羹《ようかん》もらってきてくれ」

早く行けと、手のひらで追い払った。

日が傾きかけた頃、タクシーで街へ出た。子どもが一緒だから、いつもの裏路地は避け

て表通りを歩く。目指す店も無難なチェーン店だ。

平日の夕方だが、人通りはそれなりにある。

「明日からは学校へ行けよ」

隣に並んだ光が振り向く。賢そうな瞳《ひとみ》がくるりと動き、くちびるが不満げに尖った。

「行きたくない。どうせ義務教育だし、卒業はできるし」

子どもらしくない物言いに、佐和紀は足を止めた。結城紬《ゆうきつむぎ》に畳敷きの草履。チンピラ二人を従えても目立つ和服姿に、今日は子どものオマケ付きだ。遠慮がちに向けられる通行人からの視線は、いつも通りにばっさり無視して光に向き合う。

「いじめられてるのか」

「ううん。違うよ。でも、友達少ないし、別に……」

「おまえは頭がいいんだから、簡単にドロップアウトするな」

「そういう佐和紀さんは、真面目に勉強したの」

容赦なく痛いところを突かれた。

「それより、俺にも格闘技教えてよ」

佐和紀の反応を待たずに、光は飛び跳ねながら前へ出る。その肩を摑み、押し留《とど》めたのは石垣だ。

「通学が遠くなりますから、部屋住みに送り迎えの車を出させましょう」

「あぁ、そうだな。一応、学校側にも里美さんから話を通してもらって……」

「佐和紀さんが来てくれんの！」

「そんなわけないだろう」

石垣に一蹴《いっしゅう》される。

「調子に乗るな。姐さんは、おまえの保護者じゃない」

「えー。佐和紀さんがいいよー。ハクがつくし」

昨日の落ち込みの反動なのか、光はやけに陽気だ。

「なんのハクだよ。いらないものをつけんなよ。昼間の佐和紀さんの話、忘れたのか？ヤクザとカタギは、別世界なんだよ。今の状況は、特別中の特別だ。わかってんのか？」

「わかってるよ。わかってます」

お行儀よく答えるのがもっともらしくて怪しい。

「本当かよ。毒されんなよ……」

苦笑を浮かべた石垣は心配そうだ。そこへ、先を歩いていた三井が戻ってきた。ジーンズのポケットに指を突っ込んだ姿勢で、佐和紀へと声をひそめる。

「向こうから、本郷《ほんごう》さん来てるよ」

胸の前で親指を立てて背後を示す。『向こう』から見えないようにしているのだ。

肩越しに見ると、数人の男が見えた。一見、単なる強面《こわもて》の中年集団だが、紛れている若い衆のチンピラ加減がヤクザ臭を放っている。

その中心が、こおろぎ組若頭の本郷だった。一度は組を見限った男だが、佐和紀の結婚によって事情が変わり、今は新たな舎弟たちとともに古巣を盛り上げている。

「ねぇねぇ、どうして三井さんだけタメ口なの？」

首を傾げる光に対して、

「えらいから」

三井が自信満々に答えた。

「ふざけんな。バカだからだろ」

石垣の平手は神業だ。スパンっと響く爽快《そうかい》な音に、光がたじろいだ。

「そ、そんなに叩いて大丈夫ですか……。なんか、出てきたりしない？」

「何が出てくるんだよ」

「脳みそ、とか……」

光は真剣そのものだ。三井がげらげらと笑い出す。

「フツーは、血だろ。わっかんねーな、子どもの言うことは」

ほのぼのとしたやりとりにつられて笑った佐和紀は、視線を感じて振り向いた。本郷から手招きされて、今気づいた顔で笑みを消す。

佐和紀が一人で近づくと、本郷は若い衆一人だけをそばに残した。

「今からメシか？　早いな」

「子どもがいるので」

「あれが長屋の子どもか。オヤジの耳にも入ってる。なんなら、こっちで預かってやろうか。心の狭い旦那が嫌がるだろう」

本郷のえびす顔は丸々として、見ようによっては温和だ。でも、佐和紀を舐《な》めるように見る視線は昔と変わらない。

「いや、いいよ。こっちでどうにかするから。オヤジにも、俺から改めて連絡を入れとく」

「余計に心配させるだけだ。そいつの父親を連れていった先の調べはついてるのか？」

「これから」

「ノンキだな。……おまえの長所だろうが、悠長だ。そこはな、俺の知り合いのところだ。なんなら、話をつけてやるから改めて組に顔を出せよ」

「今、教えてくれ」

「ここで払えるような貸しじゃないだろ」

本郷の目が、ついっと細くなる。

「金ならあるよ」

「バカ言えよ。……ちょっと撫でてくれる程度でいいんだよ。それとも、ここで口の中を舐め回していいか？」

　本郷の下心には慣れている。とはいえ、中年の薄汚れた恋路のために、あの長屋まで強《ゆ》請《す》りのネタにされてはたまらない。

「想像するのも嫌だ」

　あごをそらして、佐和紀は冷たい視線を返す。それさえ快感になると言いたげな本郷はヤニ下がる。

「じゃあ、想像できたら、相談に来い。悪いようにはしないぞ」

「じゅうぶん、性質《たち》が悪い」

　組長のためにどうしても金が必要だった頃ならまだしも、周平の経済力を後ろ盾にしている今は土下座されたって指一本触れさせたくない。キスなんてもってのほかだ。

　いつになく強気な本郷の背中を数秒見送って、佐和紀は顔を背けた。三井たちがさりげなく近づいてくる。

　本郷とは反対の方へと歩き出しながら、

「ネタを握ってるらしいな」

　二人の無言の問いに答えた。三井の何倍も不安そうな表情をする石垣の肩へ、拳をぶつける。

「困ったからって頼らない。それぐらい、わかってる。情けない顔してるぞ」

顔をしかめているのは、肩を小突かれた痛みのせいだけじゃないだろう。以前、本郷と二人きりで会ったことを石垣だけは知っている。周平のものになったことを知らしめることが目的だったが、危険な単独行動だと石垣は、今も不満に思っているらしい。

石垣の頬を軽く叩いた佐和紀は、もの言いたげな瞳で見つめられ、もうひとつ別の心配をしているのだと気づいた。

『こおろぎ組の狂犬』と呼ばれた本性が、ここぞとばかりに暴走するのを恐れているのだ。その心配を的外れだとは言えなかった。殴り込みで解決する事件なら、佐和紀にとってもやぶさかじゃない。久しぶりに暴れ回れるならさぞかしすっきりするだろう。そうなればいいなと期待もしているが、以前ほど感情だけでは突っ走れない。

胸に引っかかるものもあるのだ。指に刺さって抜けないトゲのようなそれは、本郷に会ってますます無視できなくなる。

繋の借金癖は一生ものだ。繰り返される嘘と裏切りを、息子の光はもう何度も見てきた。それでも親だから無事でいて欲しいと思う気持ちには嘘はない。そう信じられる。

だけど、だから……。何かがおかしい。

それは佐和紀の野生の勘だった。

「心配だよな」

後ろからついてくる光を呼び寄せ、自分と三井の間を歩かせる。

「父さんが悪いんだよ。わかってる」

光の表情に陰が差す。拉致された父親がどうなってしまうのかを想像したのだろう。不安げに目をしばたたかせる。

三井が光の首を抱き寄せ、頭をぐりぐりと撫で回した。

「とりあえず、子どもはメシを食っとけ」

「……はい……」

素直にうなずく光を見て、佐和紀は小さくため息をついた。力の抜けた肩を引き上げ、大きく胸を開く。

周平のそばで『男』として生きたいと思ったときから、佐和紀は自制を強いられている。今までのように反射的な攻撃行動は後々に尾を引くと知ったし、自分で処理できない事態は、すべて周平の重荷になるのだと悟った。

そうなりたくないと思う裏には、うまくさばいて褒められたい欲求も見え隠れし、自分の計算高さに気づかされる。

以前とはまるで違う立場に迷うと、繁と光に対する違和感もこんがらがった糸になった。ほどこうとすればするほど、別の糸が絡まっていく。

途方に暮れたくなる一歩手前で、石垣の気配に気づいた。視線を向けてもこないのに、全身から『心配です』オーラを出した男は、ひっそりと隣に控えている。だから、今はもう悩むのをやめた。

「ビール飲もう、ビール」

背中をバシンッと叩かれた石垣が小さく飛び上がる。佐和紀は陽気に笑いながら三人の前へ進み出た。


その日の夜更け過ぎ。岡村から母屋のダイニングへ呼び出された。

佐和紀と周平が食事を取る以外には、母屋に泊まった構成員が使用する食堂だ。大きなテーブルに椅子《いす》が六つ置かれ、上部に棚のついたカウンターで台所と区切られている。

「で、行方はわかったか？」

佐和紀が用意した緑茶の湯呑みを前に、野暮ったいスーツを着た岡村は背筋を伸ばした。チンピラそのものの三井や石垣と違い、世話係最年長の岡村はいつもスーツを着ている。朴訥《ぼくとつ》とした雰囲気とあいまって、うだつのあがらないサラリーマンの印象だが、周平からの信用は厚い。

「だいたいは押さえました。見張らせてますから居場所の特定はすぐにできます」

「へぇ……、さすが」

昨日の今日でここまでわかるとは思っていなかった佐和紀は、湯呑みを手に感嘆の目を向ける。一瞬、たじろいだ岡村は、そっけないふりで視線をそらした。

「どうしますか。こちらで手を回すこともできます」

「そうなると、大滝組の人間が動くんだろ。それはなぁ」

「組と関係のない人間もいますよ」

「あぁ、そうなの？　なんか、やっぱり『さすが』」

ずっと一人で戦ってきた佐和紀には、人を使うということがよくわからない。

「拉致したのは闇金です。どうも、最近になって商売を始めたようですね。もしかしたら、長屋の住人だと知って狙ったのかもしれません。できれば、もう少し探らせてください」

「知ってたとしたら……、俺かオヤジに恨みがあるってことだよな」

「その可能性もありますし、佐和紀さんが補佐の嫁と知ってのことかもしれません。そのあたりを押さえておくのが、今後のためだと思います」

どうですか、と視線で問われ、佐和紀はまばたきを繰り返した。正面に座る岡村の表情がふっとやわらぐ。

「佐和紀さんの言う通りにしますよ」

柔らかな口調の裏には、隷属を示す生真面目さがある。いざとなれば周平を裏切ってでも自分の手助けをしてくれと、岡村の好意につけ込んだのは佐和紀だ。二人の間には秘密の約束がある。でも、人に使われるばかりだった佐和紀は、意思決定が自分にあることさえ理解できなかった。

あの約束も、自分の保身のためではなく、弱みを見せない周平に何かあったときのためだ。

「えっと……」

一気に迷いが生まれ、思考が止まる。寝間着の上に羽織った丹前の袖をひっぱり、テーブルの上に視線をさまよわせた。

「佐和紀さん。情報は方針決定のための道しるべのようなものです。この問題の、最終的な決着はどこですか」

「うん？」

胸の前で腕を組み、佐和紀は眉をひそめた。いよいよ面倒だ。

佐和紀の気持ちに気づいた岡村が、静かに笑う。

「繁さんを取り戻すだけですか？　それとも、借金の棒引きをさせますか？　正当な利子を提案するのも手ですが……」

「おまえは、裏があると見てるんだよな」

「繁さんは、別の闇金から金を借りて、ずいぶん追い込まれたことがあるようです」

「あぁ……。聞いたことあるな。なんとか返したって話だ。それで懲りて……」

佐和紀はふと黙った。頭の中の糸が、一本、はらっとほどける。

「うまいこと言われて、騙された可能性があるよな。それが、どうしてかって……、そこを」

考えるべきなのだ。パズルを完成させるためには、ピースがなければ意味がない。

「もしも、相手に他の思惑があるなら、連れ戻すだけじゃ意味がない？」

「黒幕を仕留めるかどうかは後々のことです。ヤクザをやっている以上、こういうケンカの売られ方は続きます」

「……経験ないんだけど、俺。今まで……、あ、そっか。俺の旦那にケンカを売りたいヤツもいるってことか。補佐の嫁だからって、そういうことか」

自分が周平の弱点になるということは理解できている。でも、まったく関係ないところにまで害が及ぶ可能性は考えていなかった。

「わかった。このケンカ、買えるところまで俺が買う」

「では、その方針で。差し出がましいかと思いますが、今後も口は出させてもらいます。助言と取ってください」

「そうしてもらわないと右も左もわかんないよ」

組んでいた腕を解いて、眼鏡のズレを直す。その仕草をじっと見ていた岡村は、目が合っても視線をそらさない。

ほんの数秒間、見つめ合う。うつむいたのは岡村の方だった。

湯呑みを手に取り、柔らかい苦笑を浮かべると、緑茶を一口飲む。

「佐和紀さんのためですから」

小さくつぶやいた声は、うっかりすると聞き逃しそうだ。

佐和紀は素知らぬふりで無視をした。もうすでに、好意に応える可能性がないことは伝えてある。それでも好きでいるのを許す代わりに力を貸せと言ったのだ。あのとき、佐和紀の前に膝をついた岡村は、黙ったままで着物の裾に自分の額を押しつけた。それだけで、想いは一言も口にしなかった。

二人の間で尾を引くように続いた沈黙が、戸の開く音で途切れた。静かな摩擦音が響き、

「いたのか」

周平の声がした。岡村は条件反射の素早さで立ち上がる。

「静かだから誰もいないのかと思った。俺にも茶をくれ」

そう言って、佐和紀の隣へ回ってくる。

「俺がする」

台所へ入ろうとする岡村を止め、佐和紀は立ち上がった。茶を淹《い》れて戻ると、周平と会話していた岡村がタイミングよく出ていく。用事があるからと言ったが、夫婦に気を使ったのは明白だった。

「追い出した」

目の前に湯呑みを置き、元々座っていた席へ戻る。周平の隣だ。

「人聞き悪いな。用事があるって言ってただろ」

「そんなの……」

言い終わる前に、周平の指が頬からあごへと滑り、くちびるが重なる。顔を向けた佐和紀は条件反射で目を閉じた。

優しいキスはいつものように温かく、佐和紀の心の奥底をじんわりと満たしていく。

「んっ……はっ、ぁ」

蕩けるような舌の味わいに、うっとりとした吐息が漏れ、いまさらな恥ずかしさを覚えた。押し戻そうとしたつもりで、自分の指先に裏切られる。スーツの襟を引き寄せてしまう。

「しゅう、へ……っ」

強がりをあきらめて、逞《たくま》しい首筋をたどった。ゆるめたネクタイとはずしたボタン。浅いV字から見える肌にさえ欲情が湧《わ》く。

思わず、自分から顔を埋めた。

首筋に吸いついて離れると、周平が眼鏡をはずす。すぐに、佐和紀の眼鏡にも手が伸びてきた。

「おまえがここにいなかったら、夜這《よば》いを仕掛けるところだった」

本気か嘘かわからないことを言った周平に抱き寄せられ、そらした首筋にキスが這う。舌とくちびるが一緒になって肌の上をなぞり、佐和紀はびくびくと身体を震わせた。

「キスだけ……に」

「こんな感じやすい反応を見せて、そんなことがよく言えるな」

「だから……ッ」

すがるような目を向けてしまい、押し切られた。今度は長いキスになる。いつ帯をほどかれてもおかしくないほど身体をまさぐられ、裾を乱される。いつのまにか相手の膝を挟むように、それぞれの足が交互に組み合わさっていた。

「はっ……ん、んっ」

濡れた音が二人の間でひっきりなしに響き、佐和紀は潤んだ目で周平を盗み見た。キスの快感に浸る佐和紀を眺めていた視線に捕らわれ、胸の奥がずくっと疼く。泡のように愛情が溢れ、自分でもどうしようもないほど周平の熱が欲しくなった。

「どこを触って欲しい」

欲情を隠さない声で問われ、佐和紀は最後の理性で身を引く。

「いや、だ」

言葉とは裏腹に声は甘く震え、周平を感じたことのある身体のすべてがしっとりと濡れていく気がした。それは手のひらであり、内ももであり、口の中も、身体の奥も。すべてだ。

「佐和紀……」

咎《とが》めるような声で呼ばれると弱い。

ただでさえ周平には人を従わせる強さがある。信頼する相手に従うことが苦にならない佐和紀には抗《あらが》えない力だ。

「埋め合わせは、するから……」

恐る恐る訴えると、これみよがしなため息が二人の間に転がった。それだけで空気は冷え、甘だるく爛《ただ》れた雰囲気が音もなく解消されていく。

「いつまで続けるつもりだ。……おまえが納得するようにすればいいけどな。夜ぐらい、同じ部屋で寝かせろ」

「一緒の空気を吸ったら、おまえ、欲情するだろ……」

「させるおまえも悪い。かわいい寝息を聞かせるからだ」

「俺は普通に寝てるだけだ」

「グーグー言ってるイビキも……」

「おまえだって、うるさいときあるんだからな！」

「そりゃ、安心して寝てるからだ。おまえがいれば、俺は熟睡できる」

裏を返せば、いないときはよく眠れないのだ。そのことに気づいた佐和紀は、申し訳ない気持ちで目を伏せた。

光が寝ているのは襖《ふすま》を隔てた隣の部屋だ。周平と佐和紀が布団を並べて眠るくらいなら、見られても問題ない。

「じゃあ……、何もしないなら、いいけど」

そう言ってみたが、

「する」

周平は即答で断言した。

「無理……ッ」

佐和紀はがっくりと肩を落とす。

「一週間もかからないから……さぁ……」

「一週間は七日もあるんだ。その間、こんなキスだけか？　それとも、車で適当に相手をすればいいと思ってるのか」

「そういう言い方するなよ」

周平には珍しいあてつけだ。

「ガキの面倒ぐらい、他のヤツにやらせろ」

「でも、それじゃあ長屋の人たちの手前……」

「どうしてヤクザが、カタギの尻拭いしなきゃならないんだ。おかしいだろう」

「だって……」

「佐和紀」

黙り込んだのを責めるような口調に、佐和紀はますます委縮した。周平の言うことは正論だ。もっともすぎる。

「シンは、裏がありそうだとか言ってたけどな。それなら、ますますおまえが抱える問題じゃない」

「……突っ走ったりしない」

「それが本当ならいいけどな」

「怒ってんの」

佐和紀はうつむいたままで聞いた。肝心なことなのに、目を見ることができない。どんな答えであろうと、表情からありもしない感情を読み取ってしまいそうな気がする。

「怒ってどうなるんだ」

「声が……」

恐いと言いかけて、女子どもでもあるまいしと思い直す。

「佐和紀」

心の中を読んだのか、周平の声が軟化した。

困ったような、あきれたような、柔らかく優しい声だ。それでも顔があげられない。わがままをしているのは自分だと思うからだ。

「悪かったよ。……言い方が悪かったな」

指がそっと、佐和紀の手の甲を掻く。動かずにいると、握られた。

「俺のわがままなんだ、佐和紀。おまえに触れられないと、欲求不満になる。車の中でお手軽に済まして、すっきりするような類《たぐい》のものじゃない」

「だって、さ」

「出せばいいってものじゃないだろう」

苦々しい声の周平に顔を覗き込まれ、ちらっと視線を返す。責めるような口調になったことを後悔している周平の表情に驚いた。

「……『埋め合わせ』って言ったよな」

「うん」

うなずいてから、今度は佐和紀が後悔に襲われた。訂正する前に、周平が口を開く。

「内容は俺が決める」

有無を言わせない強引さに、佐和紀はうなずけなかった。でも、無言は承諾と取られる。

「しばらくはそれを楽しみにしてるよ」

くちびるの端にチュッとキスがスタンプされた。

不利な約束をさせられた気になったが、すぐにどうでもよくなる。指であご先をすくわれ、くちびるが吸い上げられたからだ。

「こっちぐらい、してもいいだろう」

手がするっと、佐和紀の着物の奥へ入ってくる。下着越しに触られ、腰を引いたが逃げきれない。

「やだ……。おまえにされたら、明日の朝まで引く。そういう顔を子どもに見せたくない」

身体をよじって、上半身を周平へと預けた。肩にしなだれかかるようにしてキスを求めると、周平の目に昏《くら》い欲望が宿った。

「一人で抜くのか」

「おまえを、思い出す……」

「俺の手じゃないとダメなぐらい仕込んだはずなのに。おかしいよな」

「周平じゃないと、ダメだよ」

でも、このキスの余韻だけで、気持ちよくイケてしまう。

「俺は、おまえの中がいいよ。佐和紀」

どこかがっかりした声で言われ、佐和紀はその首へと腕を巻きつけ直した。一人でイケてもさびしくなるだけだと、それは言わなかった。

2

夏日になった午後の縁側で、水色のアイスキャンディーを手にした光がブラブラと足を揺らす。

単衣《ひとえ》に仕立てた木綿をゆるく着つけた佐和紀は、片足を崩したあぐらでタバコをくゆらせていた。

二人の間に置かれた将棋盤の上は、佐和紀の打った王手がそのままになっている。そして、奥の和室のテーブルの上には教科書が揃えて置いてあった。

様子見をするために学校を休ませると決め、代わりに石垣を家庭教師としてつけた。

「佐和紀さん、小学校の頃は、どんな子どもだったの」

アイスをかじった光の無邪気な質問に、佐和紀はほんの少しだけ戸惑った。答えを選ぼうとしている自分に気づき、タバコの灰を落とす。

「どうだったかな」

学校へ通った記憶はほとんどない。ランドセルを背負った気はするが、遠い記憶はかすんでいた。それでも、教室の端っこの席にぽつんと座ったことは覚えている。

「勉強好きだった？」

「好きだったら、こんなところにいないだろう」

「でも、石垣さんは頭がいいよね」

学生時代に学習塾のバイトをしていたと言い、段取りも教え方も完璧《かんぺき》だった。

「よすぎたんだろうなぁ」

タバコをふかしながら答える。その点は周平も同じだ。

「佐和紀さんも勉強してるって、石垣さんが言ってたよ。それって本当？」

「本読みと書き取り程度だ」

胸を張れるようなことでもない。学校での勉強が実際に生きていく上でなんの役に立つのか、佐和紀にもよくわからない。義務教育をまともに受けなくても生き抜いてはこられたし、それで困ることもなかった。

だけど、周平と結婚して初めて知ったこともある。

机に座ってする勉強は単なる『可能性』の話だ。知識を得る人は『可能性』を手に入れる。それをなんの可能性にするかは、それぞれの選択だ。

悪いことに使うのか、良いことに使うのか。自分のために使うのか、人のために使うのか。

善と悪が表裏一体になった世界の中で、そのどちらにでも行き来できる切符があるとしたら、それが『知識と知恵』だ。

「それがあれば、狭い世界が広くなるんだってさ。自分のいる世界が広くなれば、今とは違う場所も見られるだろう？」

佐和紀の話を聞き、光は不思議そうに首をひねった。

「うん、わかる。ゲームみたいなものだね。クエストをクリアしたら、次のステージだ。地図も広くなる」

「それはよくわからないけど」

きらきらと輝く子どもの目に見つめられ、周平からの受け売りだとは言えなくなる。明かすこともないかと、佐和紀は口を閉ざした。

そんな真面目な話をするときでも、周平の指は佐和紀の肌を這う。隣にいれば触れるのが礼儀だとでも思っているのだ。隙があれば素肌をなぞり、服の下の湿った場所へと忍びたがる。もちろん、佐和紀にそれを拒む気はない。

布地の上からでも心地のいい愛撫は、直にされるとじんわり痺れ、穏やかな熱で心まで温められる。

「佐和紀さん、なんか変わったね」

光がにこりと笑った。大人への成長が始まっている顔つきは、思春期に差しかかる尖りを見せつつもふくよかな幼さを残している。

変わったことがいいのか。それを聞く前に、庭先に人の影が動いた。

「これが噂の子どもか」

低い声がして、佐和紀はうんざりと顔をあげた。

「冷やかしに来たなら帰れよ」

見なくても相手はわかる。そっけなさを無視した男は遠慮なく近づいてきて、恰幅《かっぷく》のいい身体を揺らして笑う。

大滝組若頭である岡崎は、佐和紀と同じこおろぎ組の構成員だった。組を出て、大滝組組長の娘と結婚し、大出世を果たしたが、佐和紀にとっては『裏切り者の元アニキ分』でしかない。

「たまにはいいだろう。周平を追い出して引っ張り込んだっていうから、期待したのになぁ。まだまだ子どもじゃねぇか」

「当たり前だろ。どういう期待だよ。おっさん、頭の中、沸いてんじゃねぇの。ほら、子どもがビビッてる」

「おまえの勢いのせいだ」

笑いながら近づいてきた岡崎が将棋盤を覗き込む。

「なぁ、佐和紀。そろそろさびしいだろ。今夜あたり、忍んで行ってやろうか」

子どもを前にしても遠慮のない発言に、佐和紀はこれみよがしなため息をつく。わざとやっているのだ。目くじらを立てれば、喜ばせることになる。

「くだらないこと言うな。また切りつけてやるからな」

「おまえがそうやって痕《あと》を残すから、こっちは身体が疼いてしかたないんだ」

「……最低」

ぷいっとそっぽを向いた佐和紀は、縁側で後ずさろうとしている光に気づいた。

「やめろよ。恐がってるだろ」

遠慮ない視線を遮る。

ダブルのスーツを着ていれば近づきがたい岡崎だが、ラフスタイルの今はそれほどでもない。と、思うのはヤクザ慣れした佐和紀の主観によるところが大きいだろう。

「ヤクザは嫌いか？」

岡崎が身をかがめた。

「佐和紀も、ヤクザだぞ」

一瞬、三人を取り巻く空気に緊張が走った。

誰が気配を尖らせたのか。佐和紀は耳をそばだてる動物のような野生の感覚で嗅《か》ぎ取る。

光は何も答えなかった。岡崎を見据えたかと思うと、食べかけのアイスを庭に落として立ち上がる。さっと離れの中に駆け込んだ。

「……あんた、子ども相手に、何やってんの」

「あいつ、俺を睨んだぞ」

それは威圧的に迫ったからだ。

「ヤクザ嫌いがヤクザに頼るなんて、都合がよすぎると思わないか」

光が座っていた座布団の上に腰かけ、岡崎が将棋の駒《こま》を並べ始める。光が逃げた先を目で追っていた佐和紀は、肩の力を抜いた。言われなくてもわかっている。

「だって、俺はチンピラだし」

「若頭補佐の嫁のくせに」

「どうせ『女』扱いだしなぁー」

「……周平がよく許したな。おまえには、本当に甘い」

パチッと駒を置いた岡崎が黙る。許した代償を想像したのだろう。

「おっさん、そこで勃《た》たせたらへし折るからな」

佐和紀が睨むと、喜んでヤニ下がる。岡崎といい、本郷といい、佐和紀の周りの中年はどこかおかしい。

「そりゃ、おまえ。あんなガキに追い出されても許すよな。恥ずかしがりのおまえを……」

「ぶっ殺すぞ」

駒を並べ終わった佐和紀は、低く唸った。

＊＊＊

「先月の反省点を踏まえて、今月は方針を若干変えました。脱落者については……」

石垣の声は耳触りがいい。そして報告はいつも淀《よど》みない。

岡村の実直さとは違うそつのなさがあり、うっかり眠ってしまいそうになるほどだ。

退屈ってことですかと眉を吊《つ》り上げたときの顔を思い出し、周平はついつい笑ってしまう。

書類を見ながら話をしていた石垣の言葉が止まる。

「何か……」

チェーンネックレスと金髪で擬態していても、育ちの良さが抜け切らない舎弟は、大学生相手に仕事をしている。

受験勉強三昧《ざんまい》で社会経験の乏しい大学生たちの自尊心をくすぐり、周平が管理している会社でバイトをさせるのだ。それ自体はたいしたシノギにもならない。

だが、適性を見極めてデータを残すことが後々に役立つ。

拾い上げたくなる優秀な学生もいれば、捨て駒が似合う学生もいる。そのリスト自体が価値だ。

「悪い。続けてくれ」

周平は指先をこめかみに当てた。

手頃な広さの貸し会議室の中は二人だけだ。斜め前に座った石垣の眉間《みけん》に隠しきれない不機嫌が浮かぶ。

アニキ分を相手にして、よくもそれほど感情を表に出せるものだと周平はあきれた。

指先を揺らして促すと、石垣はしぶしぶと報告を再開する。

不機嫌の理由は、周平が集中していないことじゃなく、佐和紀を思い出したと思う嫉妬《しっと》心だ。自覚しているかどうかも怪しいが、周平の勘に狂いはない。

岡村もそうだが、身勝手な横恋慕をしている舎弟たちは、まるで悪びれずに一途《いちず》だ。誰の嫁だと思ってるのかと問い詰めたところで、そんなつもりはないと言い逃れるのだろう。

そこをとことん追い詰めてやってもいいのだが、やりすぎると佐和紀にばれる。叱《しか》られるのは避けたいところだ。

怒った顔も凄然《せいぜん》として美しいが、機嫌がいいに越したことはない。

「俺の報告って、どれぐらい耳に入ってるんですか、ね……」

書類をカバンに片付けながら、石垣がひとり言のようにつぶやいた。

「だいたいは」

と周平は端的に答える。石垣の仕事に関しては、口出しをしない。問題が持ち上がったあとでも始末がつくぐらいに優秀だからだ。

「いまさら、手取り足取り面倒を見られたいか？」

からかうように笑いかけると、石垣はとんでもないとばかりに肩をすくめた。

「すみません。報告が冗長になっているんじゃないかって……」

真面目な返答だが、頭がいい男は嘘も上手いのだ。悩みでもあるかと思ったが、行きつく先には佐和紀がいそうで口に出せない。身勝手な横恋慕と無自覚な嫉妬。本人は淡い憧《あこが》れだと思っているのだろうが、佐和紀はそれほど簡単な存在じゃない。

周平でさえ溺愛《できあい》の域だ。ご愁傷さまと労《いたわ》ってやりたい気分になり、話題を変えた。

「長屋の子どもはどうしてる」

「今週は学校を休ませることにしたので、午前中に勉強をみてやりました。午後は、俺が出した宿題でもやるんじゃないですか」

「うちはいつから託児所になったんだ。佐和紀は？　並んで授業を受けてたか」

「算数から逃げてましたよ。足し算と引き算はもちろんできるみたいなんですけど、掛け算って、理解できてると思いますか？」

「九九はできるだろう。筆算は怪しいな。分数の計算は存在も知らないんじゃないか」

「まさか……っ！」

声をあげて笑った石垣は、ひゅっと喉を鳴らして真面目な顔に戻った。

「算数ドリルを買って帰った方がいいですか」

「やりたければ、自分で言い出す。言わないなら、そっとしておけ。あぁ見えて子ども相手にはプライドがあるからな」

学歴云々《うんぬん》を語る前に、読み書きも危ういレベルだった佐和紀は、基礎教養が欠けていることにさえ自覚がなかった。

そんな無知を補おうと読書と習字を日課にしているが、算数はいまさらどうだろうか。周平には無謀に思えた。人には向き不向きがある。

「佐和紀さんの育ちは複雑ですね」

石垣がぽつりと言う。

「だから、放っておけないんだろう」

「あの子を自分と重ねてるってことですか」

「いや、そうじゃない」

首を振った周平は、手元のコーヒーを飲んだ。

不思議と、佐和紀にはそういう湿っぽさがない。一匹狼の暮らしが長かったせいなのか。こおろぎ組の教えなのか。自分と他人の間にはきっちりと線を引く。

そんな佐和紀が、今回のことは引き受けた。かつては肩を寄せ合うように暮らした長屋の住人への仁義だと思うのだろう。

そんな古めかしい大義名分の裏に、長屋時代への未練が透けて見える。

義務教育さえまともに受けられなかった子ども時代の話は、聞くだけでも悲惨だ。それでも佐和紀は、爪に火を灯《とも》すような日々を幸せだったと記憶している。

母親がいて、祖母がいたからだ。

佐和紀にとって、肉親はただそこにいるだけで自分を満たしてくれるものだ。だから、松浦組長を父親だと思って仕えた暮らしもまた忘れがたいだろう。長屋の住人はそこへ含まれている。

「佐和紀の中に、まだあの頃のままでいたいと思う気持ちがあるんだろうな」

周平の言葉に、石垣は首をひねる。

「あの長屋に戻りたいってことですか？　雨漏りするんですよね？　隣の咳払《せきばら》いまで聞こえるって言ってましたよ」

「それを良しとする価値観もあるだろう」

周平の一言で、自分の頭の固さに気づいたのだろう。石垣が気まずそうにうつむく。

まだまだ成長途中の舎弟を眺めながら、周平は佐和紀の過去を思った。

実母のはずの女は他人の戸籍で生活をし、祖母には佐和紀の母親を産んだ記録がない。

佐和紀は詳しく知りたくないと言った。存在のわからない父親のことも同じだ。

自分の理解できる範疇《はんちゅう》のことだけが真実であって欲しいと佐和紀が願うのなら、真実を突き詰める必要が出てきたとしても、その結果は無理に共有しない。

口を閉ざすことが愛情の証《あかし》になることもあるだろう。夫婦だからこそ、キャパシティーの大きい方が胸に収めておけばいい話もある。

「アニキはそれでいいんですか。もう一年も経つのに、いまさら向こうに未練があるみたいな……」

「まだ一年だ。ゆっくりでいいだろう。初々しさは長く続く方がじっくり楽しめる」

「……どうして、そんな、エロい言い方するんですか」

「あぁ、悪い。エロいことを考えてた」

わざとらしく口元を歪めてみせると、石垣は今度も不機嫌そうに眉をひそめた。

「それが嫌で逃げられてるとは思わないんですね」

「タモツ。そのケンカ、今なら買う暇があるぞ」

眼鏡を指で押し上げて言うと、しらっとした顔で逃げられる。

「嫌だな。そんなもの売ってませんよ」

「もし、何か聞いてるなら、早めに報告をあげておけよ」

「……何も聞いてはいないんですけど、あの子、ちょっと変わってますよ。表現するのが難しくて黙ってたんですけど……。妙に明るいっていうか……。不安の裏返しではないような気がします」

周平の厳しいまなざしにも、石垣が臆《おく》することはない。そのくせ、佐和紀には伝えづらいのだろう。

「シンが、裏のあるなしを一通り調べるって言ってたな」

「それを受けて、佐和紀さんも離れからは出さないようにしたんだと思います。俺からは言えませんけど、離れに置いておくのもどうなんでしょう」

「どういう意味だ」

「重要書類はないですけど、金目のものはあるじゃないですか」

「まだ何もなくなってないけどな」

「……疑ってたんですか」

石垣が脱力した。周平は椅子にもたれ、ネクタイを軽くゆるめて答える。

「継続中だ。あのガキ、佐和紀が見てないところで俺を睨んできたからな。あの目には覚えがあるよ。『ヤクザ風情が……』ってな」

「長屋の人たちは、そんなことないですよね。みんな、こおろぎ組には同情的で。何か吹き込まれたとしたら、長屋の外にいる大人ですか。父親を拉致した闇金とか。……まだ情報が出揃いませんね」

時間がかかるのは奥が深い証拠だ。それを見越して佐和紀にストップをかけた岡村は、さすがによくわかっている。ものごとの対処と、佐和紀の性格の両方をだ。

「佐和紀さんもヤクザですけど」

石垣がまたため息をつく。

「チンピラだ」

と周平は短く応じる。意外そうな顔をした石垣に向かって、片頬だけで笑ってみせた。

車の中で抱き寄せたときは、周平のためにおとなしくするとしおらしく振舞っていたくせに、事が起これば簡単に追い出すのだ。暴れなければ『おとなしい』と思っている佐和紀の幼稚さはチンピラそのものだ。一貫性に乏しい風見鶏でもある。

あきれたのと同時に、甘えと信用の乱暴な詰め合わせを押しつけられ、周平は正直なところ盛大に戸惑った。

ごめんと素直に謝れば、どんなわがままも許されると佐和紀は思っている。そして、それは事実だ。

身勝手なわがままは想像した以上に愛《いと》おしく、めいっぱいに甘えられるのは悪くない。

「タモツ。おまえは何もするな。あのガキには俺が釘を刺しておく」

「わかりました。……よろしくお願いします」

椅子に座ったままで頭を下げた石垣は、ホッとした顔で背筋を正した。

よろしくお願いされるまでもないと思いながら、周平はタバコへと手を伸ばす。

口に挟み、自分で火をつける。

石垣の言動に、佐和紀への気遣いが見え隠れするからややこしいのだと気づいた。まともに考えれば、世話係の仕事を遂行しているに過ぎない。

佐和紀に振りかかる火の粉を事前に察知できたなら、これ以上ないほど優秀だ。なのに、特別な想いのもとで動いていると思うと、そのすべてが引っかかる。

「優秀すぎるんだよな」

周平はつぶやいた。石垣だけじゃない。岡村もだ。

佐和紀が絡んでくると、二人はいつも以上に察しがよくて仕事が早い。

「え？　なんですか？」

聞き取れなかった石垣が首を傾げ、周平は目を細めた。

「明日の夜はガキの面倒を頼むぞ。佐和紀に『埋め合わせ』の約束を守らせるからな」

「あ、はい……」

必要以上に硬い表情でコーヒーに手を伸ばす石垣は、埋め合わせの内容を想像してしまったのだろう。

その反応を見ながら、周平は何食わぬ顔でタバコを吸った。

午前三時を回った頃、大滝組屋敷の離れへ忍んだ。壁伝いに動く。

健やかに眠る嫁の顔を思い浮かべ、眺めに行きたい衝動に駆られる。でも、それはお預けだ。夜這いをかけたと思われたら、埋め合わせの約束も飛んでしまう。

勝手知ったる平屋の日本家屋を手探りで移動し、ウォークインクローゼット同然に使っている自室を目指した。

光が家探しを始めたことは、各所に置いてある赤外線監視カメラで確認済みだ。佐和紀の身の安全を守るため、結婚してすぐに設置したそれは、家の外に数台、中にも数台設置してある。

ただし、家の中のものは巧妙な隠しカメラだ。佐和紀も知らない。もし知ったら、寝室の中でさえ服を脱がなくなりそうで言い出せなかった。もちろん、寝室に置いたカメラは出入り口だけを収めているし、離れの中で佐和紀にいたずらするときも、できる限りカメラの死角に入るようにしている。

それでも、ついうっかりはあるものだ。そのつど、見えるようで見えないチラリズムが卑猥な映像は、周平の手元だけに蓄積されている。いっそ寝室にもカメラを置きたいぐらいだが、バレたときを想像すると恐ろしくて、見送ったままになっていた。

怒り散らされ、追い出されるならまだいい。一番精神的にこたえるのは、家出だ。一人で飛び出され、外で暴れ、その挙句にさびしさで泣かれるかと思うと、想像するだけでいたたまれない。

結婚したばかりの頃を思い出すと胸が痛み、周平はゆるゆると息をついた。離れを飛び出して雨の中をさまよい、誰もいない長屋の部屋へ帰った佐和紀を迎えに行ったのだ。

さびしいと言えず、愛して欲しいとも言い出せない佐和紀は、所在なく周平に肩を抱かれ、全身で好きだと訴えていた。だから、周平は言葉を選んで選んで選んで、苦心して口説いた。

生まれてこの方、カタギだったときだって、あれほど自分をさらけ出したことはない。素のまま、かっこつけずに接しなければ何も伝わらないと思った。

もしもを考えることさえ不吉に感じ、なんとかして恋を始めようと必死だったのだ。思い出すと、笑える。

心が通じ合った今だから、笑い話だ。

そして、あの頃よりももっとずっと、佐和紀の涙には弱い。

光の行動を監視しているのも、それが理由だ。

監視担当の舎弟には、即時対応できるように命じてあるが、預かった当日の夜は何も起こらなかった。昨日の夜も同じだ。今日の昼になって、各部屋の中を確認しているようだと知らせがあった。行動を起こすなら佐和紀が眠った後だ。そう予測した周平は、夜が更けてから母屋に入り、連絡があるまで待機していた。

足音を忍ばせて自室の前にたどり着く。静まり返った闇の中で、部屋の壁に反射した明かりが揺らめいていた。

　うずくまる人影が、次の引き出しを開けた。懐中電灯でぎこちなく表面をなぞる。ときどき荷物を引き上げているのは、奥を確認しているからだ。

　不慣れな手が、ようやく次の引き出しを開けた。背をかがめ、中を見た小さな影が息を吐き出す。握りしめられた高級腕時計の文字盤を覆ったガラスが、明かりを反射してきらめく。

「それが、いくらするか、知ってるのか」

　出し抜けに声をかけると、小さな背中は電気でも走ったかのように動揺した。ライトを取り落とし、一目散にドアへ向かって走り出す。

　薄闇の中に立つ周平は、ただ黙って足を伸ばした。あとはネズミが自分から引っかかる。

「どこへ持っていくつもりだ」

　派手に転んだ腕を捕まえるのはたやすかった。

「売れば金になるんだろ」

　華奢《きゃしゃ》な腕をした少年は、悪びれるふうもなく強気な声を返してきた。

「なるだろうな。でも、裸じゃ価値が下がる」

　周平が部屋の明かりをつけると、一気に視界が広がる。眩しそうに目を細めたパジャマ姿の光を、中央にある空間へと突き放した。

一瞥《いちべつ》も与えず、別の棚から出した箱を投げ転がす。

「保証書は箱の中だ。一緒に渡せば、それなりの額に換金できる。……大人なら、な。親のためになら、人を騙しても泣かせる美談になるのか？　それとも、親が親なら、子どもも子どもってことか」

セーターの袖をまくりあげて腕を組む。拳を小刻みに震わせている光は、それでも時計を離そうとしなかった。

「これが目的なら持っていけよ。見なかったことにしてやる」

反応が鈍い。気にせず、強い口調で続けた。

「佐和紀は気づくぞ」

「もらった、って言う……」

「そうか。まだ、あいつに嘘を重ねるのか」

周平は笑った。くぐもった声を深夜の部屋に響かせ、その場に身をかがめた。へたり込んだ光の頬を指の関節でなぞり、表情を覗き込む。まだほんの子どもだ。

それでも、善悪の区別はつく。それさえ危ういようなら、佐和紀も相手にはしない。

「ガキのおまえが、佐和紀と風呂《ふろ》に入ろうが、俺の夫婦生活を乱そうが、そんなことはどうでもいい。おまえがあいつの寝顔にキスしてもな」

子どもの眉が跳ね上がり、目の色が変わる。

「するわけないだろ！　そんなこと……ッ」

「佐和紀が男と結婚したのがそんなに嫌か」

「だって、おかしいよ！」

間髪を入れずに叫んだ光の肩がわなわなと震えた。

「そうだな。変だよな。男同士なのに、俺たちはキスをして、触り合って……。俺が、あいつの中に……」

「やめろよ！」

ぎゅっとくちびるを噛み、光は激しく髪を振り乱した。

「あんた、最低だ。佐和紀さんの弱みにつけ込んで！　みんなは、惚れ合ったからだって言ってたけど、そんなことあるわけない！　佐和紀さんは男だ。だから、男のあんたになんて惚れるわけないんだよ！」

「その通りだ」

周平は冷静に答えた。至極真っ当な意見だ。

大人と違い、どんな不都合にも目をつぶれない子どもの慧眼《けいがん》だと思いもする。

けれど、光はそれほど無垢《むく》な子どもだろうか。

「いつも、あんたの話をする。ご飯を食べてても、花札やってても。いっつもあんたが一緒にいるみたいで嫌だ。あんたがいなければ、佐和紀さんは長屋からいなくなったりしな

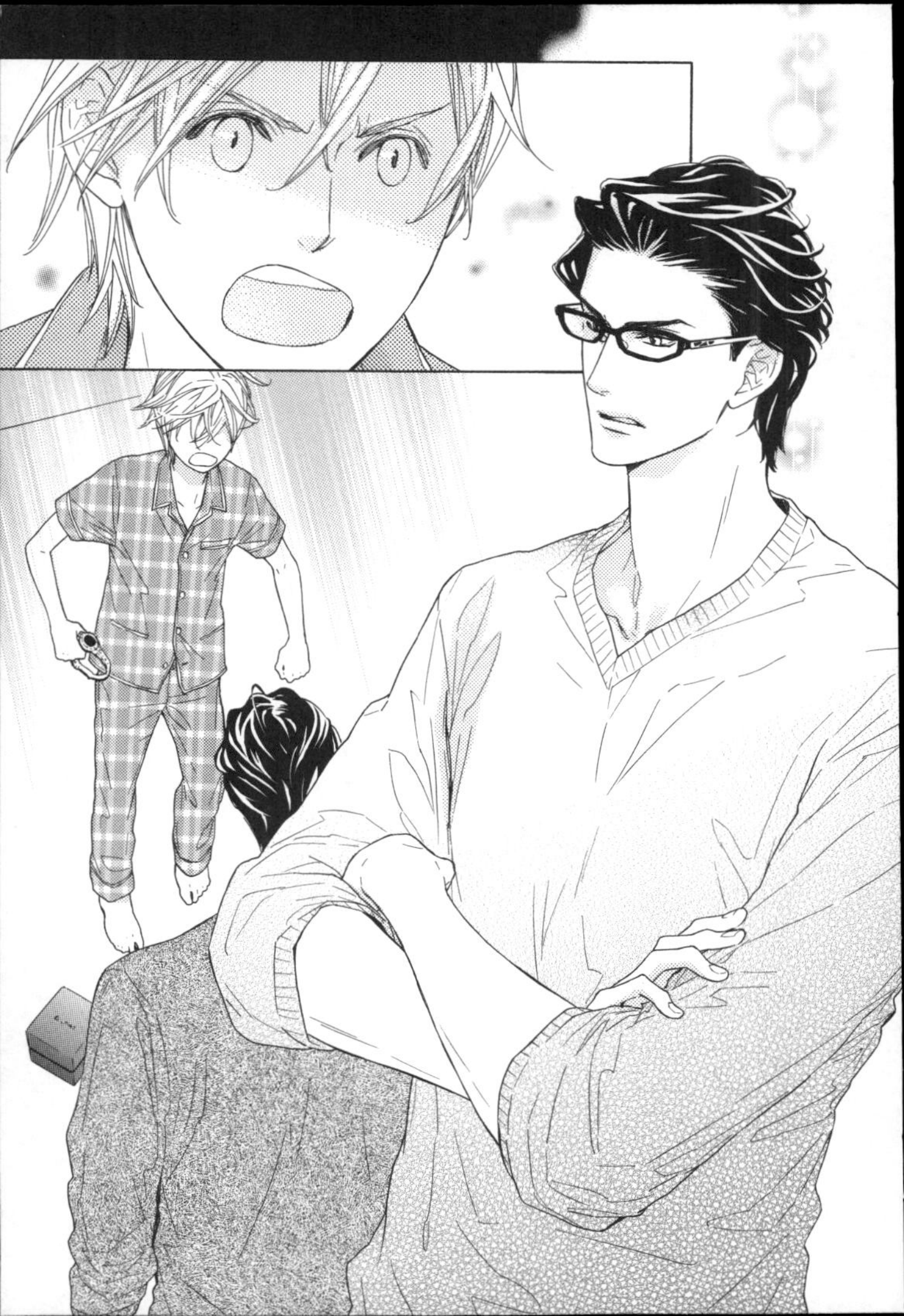

かった。こおろぎ組が出ていかなかったら、父さんだって」

気丈な表情がくしゃりと歪む。

「子どもだな」

周平はたった一言で切り捨てた。

光の顔からすとんと表情が消え、絶望が青白く浮かび上がってくる。同情する気にもならなかった。

誰に悪知恵を仕込まれたのかは知らないが、光の行動はすでに佐和紀の善意を裏切っているのだ。

転がっている時計の箱を引き寄せ、光の前に置き直す。

「覚悟があって盗むなら、その時計を持っていけ。何食わぬ顔であいつと花札ができるならそうしろ」

青白い顔をした光が、肩を大きく上下させた。言葉にならない苛立ちが瞳の奥に燃え、周平を諸悪の根源だと恨みがましく睨みつけてくる。

子どもだから、夢を見るのだろう。それはいつも、希望と絶望の表裏《おもてうら》だ。どちらが表とも言えず、たわいもない希望ほど大きな絶望を伴っている。

人生はその繰り返しだ。そのことに、光もいつかは気づくだろう。

少年の願う幸福が佐和紀の未来をつぶし、佐和紀の願う未来が少年の安寧を奪う。嚙み合わないことはしかたのないことだ。

光の手が、時計の箱を摑む。周平は見ないふりで立ち上がった。

「おまえの好きな佐和紀さんは、子どもの出来心だと笑って許してくれるか？　そうだとしたら、俺の惚れた佐和紀とは別人だな」

言い残して室内灯を消した。闇の中に光を置き去りにして、廊下へ出る。

無意識のうちに、周平の足は寝室へ向かっていた。

子どもの頭の中にある『こおろぎ組』は暴力団ではなく、自分の暮らしを守る自衛団に近い。その幼稚なご都合主義が、どこかで佐和紀に牙《きば》を剝くんじゃないかと心配になる。

岡村も石垣も、三井だって同じことを案じているはずだ。

寝室へ向かう足を止め、周平は小さく息を吐いた。

これはジェラシーだろうかと思い、感情の苦さに顔を歪めた。

あんな子どもが佐和紀を傷つける。周平にだってできないことだ。そして佐和紀は黙って受け入れる。

大人だから。男だから。家族同然だったから。

胸の奥に刺さるトゲの気配に顔をしかめ、周平は離れを出た。

結婚してからの日々と長屋での暮らしを天秤《てんびん》にかけさせまいと思う。その理性に、じわじわと首を絞められる。

そう遠くない未来、周平は組を抜け、別の裏社会へ行く。それまでに佐和紀を一人前の『ヤクザ』にしてやりたい。佐和紀が憧れる、任侠に生きる男に。

だから、どんなことでもまずは自分で選ばせなければいけなかった。佐和紀が傷つくことを恐れ、道を示してばかりでは何も変わらない。そう思っても、きれいな瞳に憂いが差すのは、単なる想像でさえ胸が痛む。

あの肌が、心の底から恋しかった。

帰りついて眠るとき、寝息がそばにあるだけで心が安らぐ。佐和紀が泣くなら、それは性感の極みであるべきだ。

なのに夜這いさえかけられない。手に入れたはずのものがするりと逃げていくような虚無感に襲われ、周平は思わず自分の手のひらを凝視する。

そうやって気持ちを紛らわせながら、こらえきれずに笑みをこぼした。手に入れた愛は逃げていきそうでいかない。失う恐さを知っているから怯《おび》えるだけだ。

佐和紀に対する信頼は深く、不安は瞬時に深い愛情で埋め尽くされる。

自分の人生はいつから、こんなにも人間らしさを取り戻したのだろうと、周平は静かに息を吐いた。思いもかけず熱っぽい吐息は、寄り添いながら笑う佐和紀のあどけなさを想い出させ、胸の奥はふたたびじわりと疼いた。

＊＊＊

三井が運転する車の後部座席で、佐和紀は窓の外へと視線を向けた。

夕暮れが近づいた街には家路を急ぐサラリーマンもいれば、足取り軽く裏路地にへ入っていく男もいる。満面の笑みで会話する女の子たちの脇を、待ち合わせに急ぐＯＬが駆け抜けた。

窓から車内へと視線を戻し、また外へ向ける。周平の誘いを承諾した瞬間から、まるで落ち着かない。

羽織の下の江戸小紋に指を添わせる。ブルーグレイの胸元に手のひらを押し当て、佐和紀は指先で意味もなく半衿をなぞった。紺と白のストライプ柄だ。それをいじりながら、シャワーを浴びてこなかったことを後悔する。

期待しているみたいに思われたくないなんていまさらだ。どの口が言うのかと自分を罵《ののし》りたくなる。

周平はそのつもりだ。それが、当たり前の二人だ。

もう数えきれないほど繋《つな》がってきた。佐和紀の身体で、周平の舌先が這ってない場所はもうどこにもない。

なのにやっぱり、恥ずかしさはある。たぶんそれは、待ち遠しさの裏返しだ。激しく濃厚な周平のセックスを期待するから、そんな自分の本心が恥ずかしい。

車が埠頭にある公園の近くで停まり、三井が到着の連絡を入れた。

「すぐに迎えに来るって」

振り向いた世話係は、佐和紀の顔を見てにやりと笑う。

「今夜は帰ってくるなよ。俺も離れに待機してるし。帰ってきたって絶対に入れてやらねぇから」

「……はぁ?」

条件反射で睨みつけると、三井はわざとおどけてみせる。運転席を降りて、後部座席のドアを開けた。

促されるままに降りた佐和紀は、着物の乱れを手早く整える。

「アニキだってさ、人間なんだからな。放っておかれたら拗ねるんだよ……。ちゃんと相手しないと、さ」

「だから、行くんだろう」

「あー、怒らないんだ」

顔を覗き込まれ、佐和紀は乱暴に肩を押しのけた。

「うっせぇ」

言われるまでもなくわかっている。

だけど、それを自覚する瞬間の胸の痺れを、三井は想像もしないだろう。

あの指が素肌に這い、ほんのわずかな強引さで抱き寄せられるとき、身体の奥から湧き起こる気恥ずかしさは、パチパチと弾《はじ》けて、まるでサイダーの泡のようにいつまでも後に続く。

年齢不相応なときめきだと知っているから、余計に困る。

「あんたさ。あのガキのこと、どこまで面倒見るつもり？　同情してるなら」

三井に問われ、佐和紀は表情を引き締めた。

「そんなものはない」

ばっさりと言い捨てた。意外そうな三井に向かって、にやりと笑う。

「相手がどういうつもりなのかは知らないけど、俺とオヤジの古巣だって知っててやってるなら、こっちにもケジメってものがあるだろ。ただでさえカタギに混じって生活させてもらってたんだ」

「……それさぁ、安請け合いしたときから思ってたか？」

怪訝《けげん》そうに見つめられ、佐和紀はぶんぶんっと頭を振った。

「思ってない！」

「だよな！」

三井がパッと笑顔になる。佐和紀は片方の肩を引き上げ、

「子どもは親を選べないからな。その点では貧乏くじ引いてるって思ってるよ。でも、かわいそうかどうかは別だ。あいつは殴られてもないし、メシもちゃんと食えてる。それだけでもじゅうぶん恵まれてる」

「その基準が低すぎる気もするけど」

「……どこかで線を引く必要があるんだって、これでもわかってるんだよ。周平のそばにいる以上、昔みたいな暮らしはできないだろ」

「じゃあ、まずはチンピラを蹴り飛ばすのをやめような」

「あれは裏路地の掃除だろ？」

佐和紀の返事を聞いた三井は、笑顔から一転、ぐったりと肩を落とす。

「全然、懲りてないし」

「骨も折ってないんだから、いいじゃん。絶妙な手加減だ」

「自分で言うのはやめろ。……今回のことはさ、アニキも案外……喜んでるかも、しれない。たぶんだけど。本当はおとなしくなんてして欲しくないんだよ。そうじゃなきゃ、俺について回らせたりしないじゃん」

「……慰めてる？」

「うっせぇ」

睨み返され、佐和紀はあごをそらした。

その視線の端に、颯爽《さっそう》と近づいてくる男の姿が映る。

初夏の夕暮れに馴染《なじ》む、スモーキーラベンダーのスリーピース。チンピラやヤクザには着こなせない繊細な色合いは、パリッとした仕立ての良さに加え、裾の折り返しに絶妙な遊び心がある。上流階級の洒脱《しゃだつ》さだ。

日々の忙しさをまるで見せない、金と時間を持て余しているような男振りに、すれ違う女が軒並み振り向く。もちろん男だって目で追う。

隣に立つ三井が、佐和紀よりも早く感嘆の息をついた。

「あそこまでいくと、周りの女が倒れないのが不思議」

そんなことを、ぼんやりとつぶやく。佐和紀がちらりと送った視線にも心酔しきって気づかない。

並みのインテリヤクザとは一線を画している周平も、あの高価なスーツの下にはどぎつい刺青《いれずみ》がある。青い地紋に鮮やかな牡丹《ぼたん》と、背中で遊ぶ二匹の唐獅子《からじし》。いわゆる『唐獅子牡丹』だ。

見事だからこそ、彫りの痛みを想像させる絵だった。

「姐さん、あんたさ、どこに線を引くつもり？　カタギとヤクザ？　それとも、チンピラとヤクザ？」

周平に見惚れていたはずの三井からいきなり問われ、佐和紀はぼんやりとしたまま流し目を向けた。

「……スイッチ、入ってんぞ」

三井が苦笑する。

「まだ切っとけよ。せっかく、評判のいいレストランに予約入ってんだから。食いそびれたらもったいないだろ」

「ん……」

悪態で返せなかったのは、周平の刺青がしっとりと濡れる瞬間を想像してしまったからだ。

「もしかして、わざと焦らしてんの？　濃いの、して欲……」

最後まで聞く必要はない。振り向きざまに肩を摑み、えぐるようなパンチを三井のみぞおちにねじ込む。

ぐぇっと声をあげた三井がその場へ沈んだ。

「まだそういう顔してるか」

「し、てま、せぇん……」

手加減はした。それでも不意打ちにやられた三井は、周平がたどり着くまで立ち上がれなかった。

＊＊＊

手にした白ワインのボトルを傾け、佐和紀のグラスに注ぐ。

一日中続いた五月《さつき》晴れで温まった外気温は夕暮れが過ぎても高い。海沿いのオープンデッキに吹く風だけがひやりとしていた。

物言いたげにワイングラスを見つめた佐和紀は、言葉ごと喉へ流し込んで飲み干した。どんな種類の酒でも飲めるが、他に比べて洋酒に弱く、特にワインは酔いが回りやすい。ある一定量を越えると行動が奔放になり、マタタビに酔った猫のようになる。その反応のかわいさを眺めるために、何度騙したかわからない。翌朝になって責められても苦にならないほど魅力的だ。

「間男はどうしてる」

周平は笑いながら問いかけた。

「間男？」

グラスから口を離した佐和紀が、眼鏡を押し上げながら眉をひそめる。

「光のこと？　変な呼び方するなよ」

「間違ってないだろ。おまえのことだ。無邪気に風呂へ誘ったりしてるんじゃないのか」

「あのなぁ、相手は子どもだって……。ありがと」

ナイフとフォークを使って、周平がロブスターを取り分ける。

テーブルの上に置かれた小さなランタンの灯が揺れ、店内から漏れ聞こえるアップテンポのジャズが大人の雰囲気だ。

カップルと女性グループばかりの店内で、男同士は完全にイレギュラーだった。スリーピースと和服の取り合わせは、特に人目を引く。

佐和紀と暮らし始めて一年。周平のオフスタイルはかなり変わってきた。今日も夏生地のコードレーンにデッキシューズを合わせた。気心の知れた相手とのディナーだと思う気楽さがそうさせたのだ。

「あいつ、下は生えてるのか」

「……周平。メシのときにそんな話をするなよ」

「まさか本当に、一緒に風呂へ入ってるんじゃないだろうな」

「だから……。バカだろ、おまえ。……死ねよ、もう」

「どっちだよ」

「……入ってない」

テーブルクロスの陰で、佐和紀の草履が靴の先を蹴ってくる。

物憂げだと余計に美しいまなざしが、夜の海へと転じた。

「一刻も早い解決を頼むよ」

タバコに火をつけた周平の言葉に、

「手伝ってやろうか、はないの？」

そっぽを向いたままの佐和紀が笑う。

「期待してるのか。手伝ったとしたら、何をさせてくれるんだ」

デッキシューズを脱いだ周平は、着物でも平気で足を組む佐和紀の指先から、草履を蹴り落とした。シューズインソックスから出たくるぶしをすり寄せ、裾の中へと忍ばせる。

そのまま肌をなぞると、佐和紀はうつむいてしまう。

「だから、ワインを飲んでるだろ。っていうか、そういうのは嫌なんだよ。交換条件みたいで」

「どんな関係でもギブアンドテイクだ」

「横文字使うな」

「……持ちつ、持たれつ……」

「それならわかるけど。それに……、おまえの欲しいものって、エロばっかりだから」

足を撫でさせたままで、佐和紀は髪を耳にかける。落ち着かない仕草が純情めいて、周平の爛れた胸を揺さぶった。

「嫌いか？」

「聞く？　それを、俺に。……そういうのがムカつく」

嫌がっているならワインを飲むわけがないと言いたげな佐和紀は、形のいい眉を吊り上げた。

「段取りはどう決めてるんだ」

ワインをたっぷり注ぐ。咎める視線を笑顔でかわして答えを促した。

「まだそこまで行かないよ。……あの長屋にはさ、部屋の分だけ問題があるんだ。トラブルってほどじゃないけど、どこにでもあるような家庭の問題が、筒抜けになるからさ」

飲むのをためらうようにグラスを覗き、佐和紀は落ち込んだ表情で続けた。

「親がろくでもないから子どもまでろくでもないなんて、型にははめたくない。まだ子どもだからな……」

光を連れてきたのは、野生の勘だろう。ケンカ屋としての直感が、子どもには抱えきれないトラブルの匂いを嗅ぎつけた。金目のものを物色している可能性にも、とうに気づいている。周平たちから反対されるのを避けて言葉にしなかっただけだと、佐和紀の表情から読み取れた。用心深いのはいいことだ。

薄闇の中で白く浮かびる喉仏に目を奪われた周平は、物憂げな気分に妄想を重ねた。

戸惑いながらジャケットの襟を這い上がる佐和紀の指。首筋をたどって髪へと潜っていき、交わすキスの合間にこぼれ落ちる息遣いは、夜の幕開けにふさわしい。そんな妄想だ。

「……行き詰まったら、頼るから」

素直な一言に、

「あぁ、そうしてくれ」

口調は変えずに答える。一人で虚勢を張ることに慣れていた佐和紀だ。信頼しているからこそ、用心深く振舞っているのだろう。頼ると言われた途端、周平の心は軽くなる。

酔いの回り始めた佐和紀が微笑んだ。周平の妄想を知りながら、まだ時間じゃないと言いたげなそれは、無意識に色っぽい。

「助言が必要だろう。しばらくシンを使っていいぞ。連れておけよ」

「そっちは？」

「使える舎弟なら他にもいる。でも、おまえに貸せるタイプはあいつだけだ」

生真面目で割り切りのいい岡村でさえ、佐和紀にほだされている。ほかの人間なら、色香に迷った挙句の自滅がオチだ。

「佐和紀。あいつに何をした」

タバコを消して、ワインを口に運ぶ。

「何って？　なんだよ」

佐和紀は、にやっと笑い、素知らぬ顔で食事を続ける。悪いことをした自覚があるくせに悪びれないのは、自分にとって必要なことだったと信じて疑わないからだ。

芽生えた自立心に差し込むような凄味《すごみ》が、佐和紀の美しさに磨きをかける。スプーンを運ぶくちびるに欲情を誘われ、周平は足で相手の膝を割った。

動きを止めた佐和紀が睨んでくる。身震いしたいほど昂《たか》ぶる感情を抑えて、周平は口を開いた。

「おまえはそうやって、男に命を賭《か》けさせるんだな。俺の命もやろうか」

「いらない」

膝が抵抗した。乱れた裾を直される。

「どうしてだ」

「周平の命は、俺のために捨てられるほど軽くない。そこにはさ、俺の命も、あいつらの命も乗ってるだろ。だから、俺なんかがもらえない」

潮風が吹き抜け、テーブルの上に置かれたランタンの灯《あか》りが揺れる。オレンジ色が滲むのを視界の端に感じながら、周平は口をつぐんだ。

それなら俺の命はおまえだ。そう言いかけてやめる。

本音だからこそ、口にすれば陳腐になってしまう。

「じゃあ、乗せてやるよ。今夜も」

誘いをかけると、涼しげな眉間にシワが寄った。

「……意味が、違う」

潤んだ瞳がテーブルの上をさまよい、佐和紀は手のひらで額を覆った。明るい場所でなら紅潮した頬の色も眺められたのに、薄暗いのが残念だ。

「俺、すごくいいことを言ったよな？　台無しにしやがって」

「キたんだよ。俺の大事なところに、どストレートに」

「……信じらんねぇ。不謹慎だ。食欲と性欲は分けろよ。メシが食べられないだろ」

「部屋で飲み直さないか。お前の好きな、飲み口のすっきりしたワインを頼んでやるよ」

ポケットから出したカードキーをちらつかせ、桟橋の向こうの高層ホテルを指し示す。

「もうとっくに酔ってる……」

佐和紀が力なくうなだれた。

「あと、一息だろ？　……今夜は泣かせる」

「今夜も、だろ」

間髪入れずにぼやく佐和紀は視線をそらした。隠しようがないほど欲情した瞳が、ほんの一瞬の間を置いて、もう一度、周平を見た。そして、わざと獲物を追わせるように身を引く。

「もう食べないのか」

立ち上がった佐和紀を呼び止めると、不満げな顔で振り向き、

「食欲と性欲をいっしょくたにできるのは、おまえだけだから」

ぷいっとあごをそらして歩き出す。

佐和紀のあどけない駆け引きに、手練《てだ》れた技は返さない。負かすことに意味はないし、勝敗はすでに決している。

ベッドの上の佐和紀は、恥じらいながら足を開く。周平を受け入れ、喘《あえ》ぐ屈辱に悶《もだ》えながら、行為の中で生まれる劣情の激しさに打ちのめされる。

それでも、『男として負けた』ことにはならない。結局、与えているのは身体を開く佐和紀の方だ。そして、周平は、あの指が震えながら爪を立ててくる瞬間、身も心も囚《とら》われる。強い墜落感が心を引き裂き、身体を煽《あお》って燃えていく。

だから、より多く惚れた方が負けなら、永遠に負け続けたい。

「二人きりになりたいって言えばいいだろ。素直じゃないな」

聞こえるように言ったが、佐和紀には無視された。

愛情は目に見えないものだ。恋の深さもそうだろう。

髪を掻き上げる佐和紀のひじの白さに、周平は息をひそめながら目を細める。眼鏡を押し上げて立ち上がった。

ホテルの部屋のシャワーブースで一人、潮風を洗い流して戻ると、白いバスローブを着た佐和紀はダブルベッドの真ん中であぐらを組んでいた。生ハムの皿をカバーの上に置き、手には赤ワインのグラス。

六十階からのグランドパノラマには目もくれず、室内に据えられたテレビにかぶりつきになっている。見なくても、音で野球中継だとわかる。

「負けたら機嫌が悪くなるだろう。中継はやめておけよ」

笑いながら前を横切ると、

「今日は大丈夫。さっき逆転勝ちしたから」

明るい声が返ってきた。画面はすでにヒーローインタビューに入っている。

佐和紀と同じ備え付けのバスローブを着た周平は、ワイングラスを手に窓辺へ寄った。部屋の照明を最小限にしていても、窓は室内を映し込む。眼鏡をかけた自分の顔が見え、その奥に佐和紀が見えた。夜景とオーバーラップしたきれいな顔がこちらを向いている。

絡まない視線に焦れながら、周平はワイングラスを傾ける。好きな銘柄なのに味気なく感じられ、それだけ気もそぞろなのだと思い知った。

夜鏡の中の佐和紀がテレビへと向き直り、周平も窓辺を離れた。近くに置かれたシングルソファーは、ほどよい硬さがあって座りやすい。

テレビをつけたままベッドを下りた佐和紀が、生ハムの皿をワゴンに戻し、ワインのボトルを摑んで近づいてくる。

「おかわりは？」

「飲まない」

周平のグラスの中身は、もう半分以上減っている。

「飲めよ」

「勃たなくなるぞ」

笑いかけると、佐和紀はくちびるの端を歪めた。

「そういう繊細さが、おまえにもあればいいのにな。もう、気分になってんだろ？」

「確かめてみるか」

「……なんだよ。また俺ばっかり飲むのかよ」

佐和紀のくちびるが、子どもっぽく尖る。

「追い出したのは、おまえだろう。佐和紀」

「無理だな。俺にとって、おまえとの時間は唯一の安らぎだ」

「当たり前だろ。子どもの前で遠慮するおまえなら、まだしも」

「『楽しみ』の間違いじゃねぇの」

ワインのグラスを奪われた。意地悪く笑った佐和紀は、残りをぐいっと飲み干す。

「違う。そこのところは、間違えるなよ」

周平の訴えに、手の甲で口元を拭った。疑わしげな目を細め、ボトルごとワゴンへ置く。

「どうだかなぁ……」

　座ったままで呼び寄せると、ふてくされて近づいてくる。

「楽しいよ。おまえと過ごすのは」

「佐和紀」

　欲しがっている言葉をささやきながら、佐和紀のローブの紐《ひも》をほどいた。膝にいざなうと、ローブをはだけさせてまたがってくる。

　鋭いまなざしで射抜かれた。

　かわいらしくせがむのではなく、キスしろと命令するような熱っぽさに、周平の脊髄《せきずい》は痺れる。どちらからともなくけだるい息を吐いてくちびるが重なる。

　初めは触れ合うだけ。それから深く重ね、次に舌先を忍ばせて絡ませる。水音が響く前に、佐和紀のくちびるが頬へとはずれた。用心深くぶつからないようにしていた眼鏡がこすれて無機質な音を立てる。

「変な声が、出そう」

　息づかいが耳元をかすめ、濡れた佐和紀のくちびるが額の端に押し当たる。

「出せよ。変かどうかは俺が決める。……怒るな」

「死ねよ、……バカ」

　身を揉むほどに恥ずかしがっているのが伝わってきて、周平の腰が焦れったく疼いた。

「死ぬなら、中に入った後で、な」

言いながら、首筋に吸いつき、手荒にバスローブを剝ぐ。

「んっ」

ローブの生地がかすめた乳首を、指で捕えた。痛くしそうになって力をゆるめると、佐和紀が顔を覗き込んできた。

すでにまなざしは蕩け、性的な欲求を訴えてくる。駆け引きなんて面倒なものをあっさりと放棄して、佐和紀は首筋にしがみついてきた。

「んっ、ふ……ん」

甘い息を首筋に受けながら、筋肉でしかない薄い胸を手のひらで揉みしだき、膝立ちにさせてくちびるを寄せる。乳首に歯を立てると、佐和紀がのけぞった。

どんなセックスを求めているのか。その日の気分を知るのは、わりにたやすい。

愛撫を拒むときは優しさを望み、黙って受け入れるときは強引さを求めている。主導権を握りたがるのは、男の部分が前に出て征服欲求の攻撃性があらわになるときだ。

鎖骨や腕の付け根のあたりに吸い跡を残しながら、周平は佐和紀の股間《こかん》を摑む。乳首を吸い上げ、舌で遊ぶと、半勃ちのものがぐんっと大きくなる。性器をさすられた佐和紀の腰が、恥じらいを見せてゆらゆらと揺れた。

佐和紀も因果な結婚をしたものだと、他人のように思う。自分の異常さは自覚している。

心底惚れ合ったからこそ、佐和紀は巻き込まれ、普通に生きていれば知ることのなかった快感を覚えていく。

周平とのセックスに溺《おぼ》れ、結果的に壊れた相手は数多い。達するときの甘く痺れる感覚は、依存性の高い脳内麻薬そのものだ。淫欲《いんよく》の持つ絶大な常習性に堕《お》ち、誰もが周平の前にひれ伏した。

でも、佐和紀は違う。セックスによるどんな快感も、純粋な愛の交歓として愉《たの》しんでいるだけだ。自分の信念に対して忠実に愛を貫こうとする佐和紀は、周平の過去とは正反対で、恋愛そのものの価値観からしてまるで違う。

それなのに、周平もまた愛情に確信を覚えていた。過去の自分を遠く感じ、思い出せなくなる夜もあるほどだ。

「一人で処理しなかったのか」

「バカ言えよ。あいつがいるのに」

情欲に濡れ、とろりとしていた目が理性を取り戻す。怒りはせず、無意識のはにかみを浮かべる。

その優しげな表情が胸に沁《し》みて、周平は肌へと吸いついた。

「した後は顔に出るからな」

「んっ……、んっ。うるさっ……」

額を押しのけた佐和紀が身をよじって逃げる。股間に伸ばした手を掴まれた。

「あっ……はっ……。周平っ……、も、俺……」

止められ、手を離す。そのまま、周平は場所を譲った。

佐和紀の脱いだローブを敷き、厚手のタオル生地の上に座らせる。

「口はダメだ……。すぐに出る」

立てた膝を開かせ、周平はソファーの下に膝をつく。

「じゃあ、出さないように我慢しろ」

「だからっ……んっ！」

拳をくちびるに押し当てた佐和紀が身をかがめる。眼鏡のふちを敏感な肉茎にかすめ、周平はじっくりと息を吹きかけた。指でも、ことさらゆっくりと形をなぞる。

「あんまり、見るなっ……やだ」

「早くしゃぶって欲しいなら、そう言えよ」

「……あっ、あ」

指に期待感を煽られた佐和紀の腰が小さく跳ねる。

こらえようと力を入れた腹に、うっすらと腹筋が浮かび、足が居場所を求めて周平の肩に乗った。

「んっ」

愛撫に震えた声を飲み込み、佐和紀は指を噛みながら肩をすくめる。欲情に翻弄《ほんろう》された姿はいつまでも眺めていたいほど煽情《せんじょう》的だ。けれど、そうもいかない。小刻みに揺れるモノの先走りを溢れさせた先端が、かわいそうなほど張り詰めている。小刻みに揺れるモノの根元を指できつく締め、唾液を溜めた口の中へと先端を誘い入れた。

「あ、んんっ！　……ぁ、はぁっ……ぁ」

待ち望んでいた強い快感を与えられ、佐和紀が深い息を吐き出す。やわやわと舐めしゃぶると、息を引きつらせながら悶え、腰を揺らした。ずり上がりながら身をよじる。

「周平っ……。嫌だ。あ、はっ……」

指でしごく合間に、唾液で濡らした親指を足の奥へ忍ばせた。まだ狭いすぼまりに振動を与えると、焦れた佐和紀は泣き出しそうに眉根を寄せた。息を吐き出して、口を開く。

「痛くないから。周平……、一本だけじゃ……」

溜まった性欲を早く解消したくて強引さを求めているのだろう。だからこそ、周平はじっくりと指を動かす。

「物足りないか？　でも、久しぶりだからな。ゆっくり、ほぐさないと……、奥まで」

「くっ……ん……」

親指を中指に替える。刺激を得る場所も変わったのだろう。佐和紀が自分のくちびるを噛みしめた。

熱っぽい息が乱れるの聞き、根元まで差し入れ、ゆっくりと螺旋《らせん》を描いて引き抜く。柔らかな内壁も蕩けそうに熱い。

挿入の瞬間を連想した周平の股間も硬さを増した。

そろそろかと頃合いをはかって、ローブのポケットからコンドームを出す。用意周到な周平を恥ずかしいと思っている佐和紀からきつく睨まれたが、軽くかわして目の前の性器に手早くかぶせた。

「だから……な、んで……っ」

ローションの小型チューブを取り出すに至っては涙目で詰《なじ》られる。

いつまでも経っても初心《うぶ》な新妻のかわいさに興奮が募り、わざと正面から視線を合わせる。

愛し合うのに準備が必要なら、それが滑稽《こっけい》でもそつなくこなす。途中でケガを負わせるようなヘマはしない。それだけが、百戦錬磨の色事師と呼ばれた周平の自負だ。

ローションを絡め、指を二本に増やす。じっくりとほどけ具合を確かめ、すぐに三本に増やした。佐和紀が感じるたびに腹筋に力が入り、後ろも締まる。

でも、粘膜はいやらしくぬめり、しきりと周平を求める。

「挿れるぞ」

「だ、ダメっ。出る、から！」

息を乱した佐和紀が、うっとりとした耽溺《たんでき》から引き戻された顔で慌てた。

「だから、ゴムもつけただろ？　俺でイくところが見たい」

立ち上がらせ、片膝を椅子の座面につかせた。引き締まった腰を掴み寄せる。

ぬかるんだ場所を手探りで広げ、いきなり先端をねじ込むと、佐和紀は小さく声をあげる。わざとらしい意地悪を責める余裕もなく、ソファーの背へと両手をすがらせた。

重厚なつくりのシングルソファーだが、無茶な遊びでわずかにずれる。

「あ、ああっ！　ん、んっ！」

叫んだ佐和紀は髪を振り乱し、唸るようにして、その後の声を押し殺した。

「出さないのか」

挿入しただけで出るんじゃないのかと、暗にからかう。

佐和紀は、浅い息を繰り返した。押し寄せる快感と、それを押しつけてくる周平への苛立ちで、しなやかな身体は熱を帯びる。太い昂ぶりをぎゅうぎゅうに押し込まれた肉が、柔らかく揺れ動いて、さらに狭まった。

ぎちぎちに締め上げられ、さすがの周平も息を詰める。腰を少し前後させるだけで、どこもかしこもが吸いつくようにしごかれて気持ちいい。

ゆっくり引き抜くと、すぼまりがまるで指の輪のように根元から先端へと滑る。

激しく突き上げたい衝動に耐え、周平は息を吐き出した。佐和紀の乱れた息遣いに合わせて繰り返される律動の強弱を、ゆるやかな抜き差しで愉しみ、ローブを脱いだ。床へ落とす。

それから、しなる背中へと手のひらを押し当てる。

「あっ……はっ、ぁあッ……、んんっ」

汗ばんだ肌を撫で下ろすだけで、佐和紀は耐えきれずに甘い声をこぼす。細腰と呼ぶには肉付きよく引き締まった腰へと指をかけ、必要以上に強く掴んだ。

指が肉へと食い込み、骨の感触がする。そのまま引き寄せ、一度二度と、激しく腰を打ちつけた。

「あ、あっ……！」

激しい動きに翻弄される佐和紀の声が弾み、息が途切れる。

ローションのぬめりが行き渡っていることを確かめる動きで奥までねじ込み、揺すりながらポイントを探る。

「……も、……やっ……」

甘くかすれる声が引きつり、佐和紀はしどけなく喘いだ。

声には追い込まれた響きがあり、指は何度もソファーを掴み直していた。挿入の瞬間に達しそびれ、佐和紀は焦れている。

「い、きた……ぃ。あっ……んんっ」

「いいか。たくさん出せよ」

胸へと腕を回し、身体を引き起こす。ソファーを摑んでいた佐和紀の手は、すぐに周平の腕へと重なった。

すがるような仕草に胸が締めつけられ、愛おしさに任せて耳裏の肌を吸い上げる。ぷくりと腫《は》れた乳首を、指の間に挟み、やわやわとしごく。それと同時に、ぴったりと沿わせた腰を卑猥な動きで臀部《でんぶ》にこすりつけた。

「あっ、あぁ……っ」

自分でするよりもして欲しいのだろう。

指先で手の甲を搔かれ、欲求を察した周平は、もう片方の手で佐和紀の股間を摑んだ。解放へと導くと、周平を包む内壁も波打つようにうごめく。

責めているのか、責められているのか。主導権のありかがあやふやになる快感の中で、佐和紀の柔らかな肉襞《にくひだ》を蹂躙《じゅうりん》している充足に息が乱れた。

腕に閉じ込めた男の悶える姿を、夜鏡になっている窓の中に見つける。

周平の股間も弾けそうに暴れ、そのたびに内壁を打つ。

「も、もう、イくっ……」

立ちバックの体勢で抱かれた佐和紀は、息をしゃくりあげた。

涙声で腰を揺らし、周平の手のひらに、自分から股間を押しつけてきた。

「おまえの感じてる顔が、窓に映ってる」

周平の手で顔をあげさせられている佐和紀は、びくっと怯え、奥歯を噛みしめて唸る。始まったものは、もう止まらない。

周平の手の中で、ゴムをつけた昂ぶりが脈を打つ。

ズレた眼鏡と快感に歪んだ顔が被虐的で、元が美しいだけにそそられる。そのまま不安定な体勢で責めたい気分にもなったが、文句を言われる前に引き抜き、腕を掴んでベッドに押し倒した。狭い部屋は移動が楽だ。

射精をしたばかりの身体は抵抗できずに弾み、片膝を曲げさせた周平はのしかかった。横臥《おうが》の姿勢で挿入し直す。

佐和紀はひときわ大きな声をあげ、それをこらえようと拳を噛んだが無駄だった。いきなり始めた、激しいピストン運動に息を刻まれ、断続的な嬌声《きょうせい》を繰り返す。

「待っ、て……や、やだっ……」

「嫌か。嫌なら抜いてやる。終わりにするか？」

動きながら意地悪く問いかけると、佐和紀はしゃくりあげた。眼鏡を押し上げた腕で涙を拭う。

「いや、じゃないっ……。ん、んんっ。あっ、あー、あっ、……いいッ。いいからっ……」

必死に繰り返す身体を開かせ、正常位で腰を引き寄せる。はずれかかっていたゴムをはずして口を結び、テーブルに向かって放り投げた。始末は後だ。

労《ねぎら》うように優しく触れた性器は、まだ柔らかく萎《な》えていた。

すぐに手を離し、軽くはない腰を抱き寄せる。奥を執拗《しつよう》に攻めると、佐和紀は無防備に両手をあげてシーツを摑んだ。

「あ、あっ。はぁっ。いい。気持ち、いいっ……。周平、周平」

ワインの酔いが効いている。射精した後の寂寥《せきりょう》感を感じる間もなく貫かれ、佐和紀の理性はもうほとんど失われているように見えた。

潤んだ瞳が甘えるように見上げてくるのも、いつもとは違う。

「ま、待って……。待って」

佐和紀に従い、動きをこらえた。枕《まくら》の端を摑んだ佐和紀が、小さく呻いて腰を浮かす。

「あぁっ。ん、んっ」

込みあげてくる快楽の波に合わせたのか、自発的に腰をよじらせて跳ねる。

「あ、あ……っ。とまんなっ……」

顔を快感に歪ませて身悶えながら、恥じ入っているように頬を染める。見ているだけで激しく煽られる感じ方だ。それと知らない佐和紀に対して、周平は冷静を装った。

「さっきよりいい顔だな。出すより、入れられる方が好きか」

「そんなこと……言うな……っ」

「でも、腰が止まらないんだろ」

足をさらに大きく開かせて腰を埋める。内壁をこすりあげると、佐和紀はいっそう甘い声でのけぞった。腰が震えるように痙攣《けいれん》を繰り返し、ときどき小さく跳ねる。

「おまえをおかしくさせてるのは俺だ」

今度はもう止めなかった。じわじわと広がっている快感の波が、やがて大きな濁流になることを周平は経験で知っている。今までの性体験ではなく、佐和紀との夫婦生活の話だ。感じやすい身体は、もうすっかり中でイクことを覚えた。それが特異だと説明する気はない。

「ダメ……ッ。……終わって……、あ、あぁっ。やだっ……あ、あ、また、来るからっ……」

ワインの酔いの中で、佐和紀はいつも以上に激しく身をくねらせた。

「こんなのは、序の口だろう？」

「……あ、あっ……隣の、部屋に、……んっ。聞こえる……」

「他人だ」

「こんな声、聞かせられない……ッ」

「トーンを落とせばいい」

「無理だって、知ってるだろ！」

目のふちが真っ赤になって涙が溢れる。セックスを覚えて一年と少し。快感が極まればどうなるか。身体に刻まれた快感を思い出すようでは、まだ酔いが足りない。

「動くな……ッ。周平ッ……動いたら」

訴える先から、佐和紀の腰はびくっびくっといやらしい動きで跳ねる。目元を濡らす涙は、もう羞恥《しゅうち》だけが理由じゃない。

快感がたっぷりと混じり、追いたくて追えない悦に怯える佐和紀は、すべての責任を周平に押しつけようとする。

止まってくれと頼んだのにと、後で責められるのは周平だ。怒られ叱られ拗ねられる。それを面倒だと思わない周平は、この不自由を深く愛している。だから、さらに佐和紀のスイッチを探した。内ふとももに指を食い込ませ、ふっと力を抜いて撫で上げる。

「動かないで終われるか」

「ひぁっ……や、だっ……」

ぞわっと肌を粟立《あわだ》たせた佐和紀が、息も絶え絶えに訴えてくる。

「口で、するから」

「味気ないことを言うなよ」

いまさらそんな処理で我慢できるはずがない。周平だけじゃなく、佐和紀もだ。

「ほんとに、ほんとに……っ」

佐和紀が泣きながら身をよじる。逃げようとするのを押さえつけた。

「声ならふさいでやるから、しがみついていろ。気持ちがいいのは好きだろ？」

腕を引っぱり上げ、片方は首に、もう片方は背中にしがみつかせる。指が周平の刺青を掻き、言葉とは裏腹な貪欲《どんよく》さが肌を伝う。

お互いに同じものを求めている。見ている快感は寸分の狂いもなく、二人だけのものだ。

佐和紀のわきの下から背中に腕を回し、汗で濡れた胸を合わせる。肌の熱さが情欲を呼び、求められるままに佐和紀のくちびるを吸った。

満足のいくまで舌を絡め合い、息を弾ませながらキスを繰り返す。待つほどもなく、佐和紀の足が周平の腰へとかかる。

それだけで痛いほど感じてしまう周平は息を詰め、佐和紀を強く抱き寄せた。繋がっている場所だけじゃなく、胸の奥深くまでが熱く燃えて、狂おしいほどになる。

何もかもをぶつけ、何もかもを受け入れさせたい。その欲望が弾け、身体の隅々へと広がっていく。

欲するまま、深く奥を穿《うが》つ。濡れた水音がいやらしく響き、

「だめっ、だめっ！」

うわずる声で叫びながら、佐和紀がすがりついてくる。

「うっ……、ん。周平……ッ。気持ちよすぎッ、苦し……ッ」

無自覚に男殺しな台詞を口にする嫁は、ダメだと言いながら、奔放に悦楽を貪《むさぼ》っていく。溶けるように熱い内壁も、その淫《みだ》らな痙攣も、腰を挟む膝の強さも、合わせた胸の乳首の尖りも、すべてがいやらしく性的だ。

一突きごとに喘ぎ、息を詰まらせ、身悶えして悦に入る。

そのさまを肌で感じながら、周平はピストンを繰り返す。隔たりのない生身での挿入は、蕩けるほど気持ちがいい。

こすれるたびに愛情が溶け出し、蜜《みつ》のように滴って互いを濡らしていく。卑猥な音をわざと大きく響かせ、周平もまた佐和紀のすべてを貪った。

「あっ、あっ……」

緩急をつけて揺すり上げると、のけぞった佐和紀の身体に緊張が走る。ドライオーガズムを得てきつくなる内壁に身を委《ゆだ》ね、

「もう終わる。摑まってろ」

耳へとささやき、背中から腕を離した。佐和紀の肩にひじを当て、両手で頭部を固定する。

「んっ、んっ……!」

腰を前後に揺すると、逃げ場のない体勢の佐和紀がそれでも身をよじった。肉のこすれ

合う場所が変わり、お互いの快感がこれ以上ないぐらいに募る。暴発しそうな欲望がのたうつ感覚の中で、互いを拘束するように胸を押しつけ合う。

「あ、あぁっ、あ、あーッ！」

嬌声を気にする理性もない佐和紀を捕え、激しく責め立てた。何度も腰を打ちつけ、跳ねる身体へと体重をかける。

「ん、んんっ！　感じ、るッ……。もっ、……あぁっ……」

感じるところを執拗に突く。

「すごいな、佐和紀。こんなに溢れて……。背中まで濡れそうだ」

「んな、こと……ッ」

「さびしかっただろ？　俺がいない夜は」

「……あぁ、あ、あ……」

たっぷり注いだローションがぐちゃぐちゃになり、抜き差しする性器はぬるぬると動く。

「久しぶりにされると、余計に感じるんだろ。佐和紀。ズコズコされるといいか？」

「……い、やっ」

頭を振ったが、肌は素直だ。さらに汗ばんで、周平へとすり寄る。

「三日は匂いが消えないような、濃厚なのを入れてやるよ。お預けくらってるからな。溜まりに溜まってる」

「うっ……やぁ……ッ」

言葉で辱められた佐和紀がのけぞり、ばたつかせる足がシーツを蹴る。内壁が波打ちながらぎゅっと狭くなり、タガの外れた佐和紀が言葉にならない声をあげた。

煽りながら耐える周平の汗が、シーツに落ちる。

佐和紀の感じ方に演技はない。繋がりがきつく絞られ、艶めかしい佐和紀の舌は、自分のくちびるを舐めることも忘れて見え隠れする。

思いきり吸い上げたい欲望に駆られながら、周平は最後のスパートをかけた。

「周平、周平……ッ」

連呼する声に応じて、リズミカルに突き上げる。

「来るッ、いいの、来るッ……ん、んーっ！　あぁっ、あぁッ！」

もう一度喉を晒した佐和紀がびくっと大きく痙攣した。腕も足も、すべてが縮こまり、わななく情感と体感の大きな波をその全身で受け止めていく。

声をあげることもできない絶頂へと押しあがった身体は、やがて急降下する。

力がふっと抜け、周平の腕の中でぶるぶると震え出す。

そこまでを、周平は辛抱強く待ち続ける。そして、痙攣の続く身体を、征服するように何度も穿った。

「んー、んっ、んっ」

強い快感で飛んだ佐和紀は、されるがままだ。よがることもできずに喘ぎ、ただ内壁だけがうねうねと周平に絡みつく。

最高の快感をたっぷりと楽しみ、ほどなくして周平はゆっくりと堰《せき》を切る。息を吐き出すのと同時に始まった射精はだらだらと続き、精液を注がれる佐和紀の身体がまた揺れる。呻くように、周平は佐和紀の名前を口にした。

切なさの伴う射精感が、甘だるい満足感と入れ替わる。汗が額を伝い落ちたが、拭うのも忘れて恍惚《こうこつ》とした佐和紀の表情に見入った。

拘束のスタイルを解き、力の抜けた佐和紀の足を腰から下ろす。

「……周平」

かすれた声がうわごとのように呼んでくる。

「まだ抜かない」

ささやきを返して、汗でびしょ濡れになっている佐和紀の髪を掻き上げた。額にキスをして、ゆっくりと身体を揺する。

周平の精神は、息をつく間もなく痺れ続けていた。悦楽の甘い爛れに脊髄が震えて止まらない。

佐和紀の中に収めたものが、また欲情の熱を持った。

「して……このまま……。もう、一回……」

佐和紀がかすかに笑う。誰も見たことがない、周平のためだけの表情は、艶めかしく淫らだ。

指が肩の刺青をいたずらになぞる。それを摑まえ、そっとくちびるでしごいた。気持ちよさそうに目を細める佐和紀は、同じように周平の指を口に含む。

舌がつたなく絡んだ。

「エロい顔だな」

「……だって、エロいこと、してるだろ」

舌足らずに話す佐和紀が静かに息をつく。

たまらずに抱き寄せ、首筋をキスで埋める。

セックスは麻薬だ。でも、今までとは違っている。

周平の指を無心で舐める舌先のぬるっとした感触が、周平の中にある遠い過去のささくれを溶かす。だから、佐和紀との時間は何倍も危なかった。麻薬よりももっと深く致死量まで身に回る。

そしてそれは、間違いなく、今までにない幸福な瞬間だった。

3

昼過ぎになって離れへ戻った佐和紀は、部屋に置いてある鏡をまじまじと見つめた。ホテルでも起き抜けにシャワーを浴びたが、帰ってからも身体《からだ》を洗い直した。半袖短パンにはなれないほど散っている鬱血《うっけつ》の痕《あと》を、思いがけない場所に次々と見つけてため息がこぼれる。指でなぞれば、周平の感触を思い出して、身体が震えた。

熱いシャワーでも洗い流せないものがあると改めて悟り、脳裏に甦《よみがえ》る男の面影に向かって『性欲の悪魔』と罵《ののし》りを投げる。

周平の本気に付き合うと、翌日が大変だった。離れた後ほど身体が火照《ほて》る。身も心も満たされる代わりに差し出すものは、間違いなく魂だ。

けだるい吐息を飲み込み、母屋へ渡る。

ホテルまで佐和紀を迎えに来た岡村を探し、作業スペースになっている一室を訪ねた。備え付けのパソコンに向かっていた岡村は、佐和紀に気づくと素早く立ち上がった。

「車を出して欲しいんだけど」

「お休みになっていた方がいいのでは」

訳知り顔で心配され、佐和紀は冷たい一瞥《いちべつ》を投げた。

「本郷に会うから、こおろぎ組へ回してくれ」

玄関に続く廊下は薄暗い。ダークカラーのジャケットを羽織った岡村は、消えてしまいそうに馴染《なじ》んでいる。

「そんな顔で行くなんて」

後ろから声をかけてきたかと思うと、わざとらしくため息をこぼされる。

「どんな顔だよ。うるさいな」

「腰は平気ですか」

「おまえは……」

周平との情事をいっそうあけすけに指摘され、佐和紀は苛立《いらだ》ちをぐっとこらえた。

「余計なことを心配するな。痛いのは腰だけじゃない。……ほんと、身体は柔らかい方なんだけどなぁ」

「体勢の問題だけじゃないですから」

「なんだよ、それ」

「俺が説明してもいいんですか？」

笑顔を浮かべた岡村についっと身を寄せられ、佐和紀は条件反射で睨《にら》みをきかせた。

「いらね。周平に聞く」

「本当に直談判《じかだんぱん》するつもりですか。他にも打つ手はあるんですよ」

「それはお前が持ってる札《ふだ》だろ。俺のじゃない。あいつが噛《か》んでるなら、これが一番手っ取り早いし妥当だ」

「短絡的すぎます。思惑があるとしたら、今後にも響きますから、ここは慎重に……」

「シン」

向かい合った佐和紀は、着物の袖口を合わせて腕を組む。

「……はい」

真顔になった岡村が直立に姿勢を取る。

「聞いてやるから、はっきり言えよ」

遠まわしにさりげなく言われても、佐和紀にはわからない。促された岡村は、あごを引いた。

「向こうから動くのを待った方がいいです。最悪、頭《かしら》に迷惑が」

「あいつら、仲が悪いからな」

大滝組の若頭である岡崎とこおろぎ組の幹部である本郷は、次期組長の跡目争いでも対立している。岡崎は候補者として、本郷は別候補の後援者としてだ。

「言い分はわかるんですが、相手の思惑もご存知ですよね」

岡村が眉《まゆ》をひそめる。

「俺を狙《ねら》ってるってことだろ？　それを見越して、周平がおまえをあてがったこともわかってるよ。そんなに安全パイか？　おまえは」

「あなたを狙っている、他の人間よりはよっぽど」

「よく言うよ。……でも、俺は自分の札を切る。人に乗っかるのは、得意じゃない」

「わかりました」

佐和紀の強情に負けた形で、岡村は苦々しくうなずいた。

「その代わり、現場には付き添わせてもらいます。向こうが情報を出ししぶったときは帰りましょう。いいですよね」

「……せっかく行くのにか」

「佐和紀さん。すごく悪いことを考えてないですか」

顔を覗《のぞ》き込まれて目をそらす。自分に興味を持っている男から話を聞き出すなら、少しぐらいの色仕掛けもしかたのない話だ。

岡村は、さらに険しい表情になった。

「今日は絶対にやめてください。……男の理性なんて、塵《ちり》よりも軽いんですから」

「うっせぇよ」

「佐和紀さんっ！」

周平に抱かれた余韻を引きずっている自覚はある。だからこそ、ダダ漏れになっている今日中に仕留めたい。本郷程度を相手にして、色気を出し入れするのは面倒だ。

どうせ、膝頭《ひざがしら》のひとつでも見せれば終わる話だろう。それ以上のことをさせるつもりはないし、岡村がいれば、向こうも無理強いはできない。

「そんなこと言うなら、周平との寝室にも座ってるか？　あぁ？」

凄《すご》みながら、身をかがめた。無理やり視線を追いかける。

「目を、そらすな。シン」

「からかわないでください」

「からかわれる隙《すき》を、わざと作ってるくせに」

「かまわれたい年頃なんです」

辻褄《つじつま》の合わないことを平気で口にする岡村は、自分のネクタイに手を添える。ゆるみを直すのは単なるポーズだ。

「本郷さんもかわいそうな人ですね」

「他にも、かわいそうなのがいるか？」

「……いませんよね」

「あのおっさんは、ネタをちらつかせてくるところがムカつくよな。昔からそうだ。俺が一人じゃ何もできないと思ってる。まぁ、間違ってもないけどな」

言いながら歩き出すと、岡村はおとなしくついてきた。

佐和紀の古巣であるこおろぎ組は、土木工事関係を生業《なりわい》としてきた小規模の団体だ。佐和紀の結婚と引き換えに構成員が戻ってからは、工事関係の人材派遣が軌道に乗っている。

人通りの少ない裏路地に面した事務所の前へ車をつけると、掃除をしていた若手たちが身構えた。見慣れない車に凄む顔つきは、岡村を待たずに降りる佐和紀を見て和らいだ。

「おはようございます」

深く頭を下げられ、追い払うように手を振った。チンピラが性に合っている佐和紀にとって、他人からの丁重な扱いはくすぐったいだけだ。

「今日、オヤジは？」

片手を懐へ入れて尋ねると、

「組長はご自宅です」

ジャージ姿の若手が緊張した顔で答える。

「あぁ、そう……。じゃあ、本郷さんは」

「営業に回ってる」

今度の答えは、まったく別の場所から返ってきた。喉《のど》をつぶしたしわがれ声だ。若い男たちが一斉に頭を下げ、そそくさと掃除へ戻る。

背が低く、いかつい顔をした五十過ぎの男は、薄いグリーンのジャンパーを着ていた。現場用のユニフォームだ。

「豊平《とよひら》さん。珍しいですね。事務所にいるなんて」

「外ばっかり行ってられるか。疲れてしかたがねぇ」

豊平実《みのる》も、こおろぎ組では古参の幹部だ。事務所でごろごろしているよりは現場を見回るのが好きなタイプで、昔から汗と砂ぼこりの印象が強い。

「今からメシなんだ。食ったのか？　ちょっと付き合えよ」

「いや、今度にしようかな」

「つれねぇな。別に、密室に連れ込もうってわけでもねぇのに」

「そんなこと思ってないよ」

「じゃあ、いいだろ。その先にうまい定食屋があるから。おまえ、チーズカツ好きだろ？　わりと」

「……まぁ、わりと」

そう言われると、無性に空腹を感じた。ホテルのルームサービスで、パンとオムレツとソーセージを少しずつ食べたきりだ。寝ぼけた口に押し込まれたと言った方が正しい。餌《え》付《づ》けされるひな鳥のように、佐和紀は寝転がってもしゃもしゃと口を動かしていた。あれは、たぶん現実だろう。

「じゃあ、決まりだな。そっちの兄ちゃんは、メシ食ったのか」

聞いたくせに、岡村の返事は待たずに歩き出す。

行き先は古びた食堂だった。五分もかからない。店内の壁にかかったメニューは茶色く変色していたが、時代を感じさせるテーブルはきれいに磨き上げられている。

佐和紀と豊平が中央の広いテーブルにつくと、一組だけいた先客が食事を終えて立ち上がった。昼食の混み合う時間帯が終わった後なのか、それともずっと客足が鈍いのか、判断に困る店だ。

「嫌なのを連れてるな」

メンチカツ定食を頼んだ豊平がおもむろに顔をしかめ、佐和紀はチーズカツ定食を頼みながら首を傾《かし》げた。

離れた席を選んだ岡村は、こちらを向いて座っている。注文を聞かれ、付き添いだから食事はしないと断りながら、さりげなく席代としての千円札を渡していた。

「あの兄ちゃん、岩下の一番弟子だろ。おとなしい顔してアレだ」

「アレ……」

繰り返してみる。ろくな話じゃないことは、聞く前からわかっていた。

「岩下の評判のためなら、かなりエグいこともやるって噂《うわさ》だ」

「噂だろ」

「旦那《だんな》の舎弟がかわいいか」

からかうような豊平を、まっすぐに見つめ返した。数秒もかからずに視線がそらされる。

「本郷に用ってのはなんだ」

「まぁ、野暮用」

「長屋の話だろう」

ずばりと核心に切り込んでくる。そのガサツさは嫌いじゃなかった。

「本郷さんから聞いてんの？」

「まさか」

本郷とツルんでいると思われたくない豊平はあからさまに顔を歪《ゆが》めた。

「あの人も敵が多いね」

「おまえの旦那ほどじゃない」

笑う豊平の前に、早々と皿が並ぶ。

「それは、『やっかみ』ってヤツだ」

答える佐和紀の前にも、見た目からしておいしそうなチーズカツが運ばれてきた。

「惚《ほ》れた弱みか。評価が甘いな。本郷なんか頼らなくても、あれがいれば情報は集まるだろう」

視線で岡村を示される。

「ん。そうなんだけど……」

言い淀《よど》んだ佐和紀は、チーズカツに歯を立てた。サクッと軽い音がする。

あやふやに言った佐和紀をちらりと見て、豊平はなぜか眩《まぶ》しげに目を細めた。

大滝組の若頭にまで成り上がった岡崎と、岡崎とともに大滝組へ移りながらもこおろぎ組に戻った本郷。

二人の明暗を分けたのは、経済力のある周平の存在だ。岡崎が若頭になるための工作にも金を積んだが、本郷が他の男と争っていた大滝組若頭補佐の座を、周平自身が得るためにも相当の金をかけたらしい。脇《わき》を固めたい岡崎の意向を汲《く》んだ結果だったと、岡村が話してくれた。

「本郷も、おまえには本気だからな」

五十歳を超えているとは思えない食べっぷりの豊平は、白ご飯のおかわりを口へ運ぶ。

「迷惑です」

佐和紀はすかさず即答した。男の口にする『本気』も幅が広い。本郷には妻子がいて、おそらく愛人もいる。その上で、男の佐和紀を相手にして、どんな『本気』があるのか。

「まぁ、そう言うなよ。気持ちはわかるけどな」

こおろぎ組の唯一の構成員になってしまった佐和紀が金に困ったとき、身体を触らせるだけでいいと、最初に取引を持ちかけてきたのは本郷だった。

確かに触らせるだけで金をくれた。でも、同じように触ってくれと言い出したのも本郷だったのだ。頻繁になればエスカレートすると悟って、他の幹部にも取引を持ちかけた。岡崎と豊平もその一人だ。

今思えば、触るのも触らせるのも、売春行為と変わらない。それでも、組長の体裁を整え、こおろぎ組を存続させるためにはしかたがなかった。

美人局《つつもたせ》を手伝っても足元を見られる佐和紀にとって、確かな金額を援助してくれる数人の顔馴染みは生命線だったからだ。

「怒らずに聞けよ」

しゃがれた声で豊平が言う。

「おまえ、本郷とは寝てないんだろ」

「……何それ。今、聞くこと？」

「だから、怒るなって言ったじゃねぇか。答えは聞かなくてもわかってる。本郷を見てれば、な」

「やってないから、しつこくしてくるって？」

「あんまり刺激してやるな、って話だ。ただでさえ、岩下と結婚してからこっち、色気が出てきてんだからよ。だいたい、長屋の話だっておまえの気を引きたいだけだろ。そんなに、あいつの何が気になるんだ」

「いや、それは」

改めて問われると辛《つら》い。膝頭をチラチラさせてネタを引き出すつもりだったとは言えなくて、くちびるをかすかに噛んだ。

「なんていうか、俺をどうこうしたいって思ってたなら、あの頃にできただろ……？　必死だったたから、切り抜けられてラッキーぐらいにしか思わなかったんだけど。誰《だれ》でも可能性はあったじゃん」

「そんな可能性、あったか？」

豊平が苦々しく笑う。

「……えぇ？　あったんじゃないの？　まぁ、それは置いといて。本郷さんにはさ、裏があるんじゃないか、って……。昔がどうこうじゃなくてさ、今のことなんだけど……。俺相手に身体目的なんて、いまさらって感じもするんだよな。他に悪いこと、考えてんじゃないか、とか」

「そういうことを考えるようになったのか」

「子どもを見るような目で見るなよ」

豊平にゲラゲラと笑われ、佐和紀は相手を睨んだ。真面目《まじめ》に答えたのが無駄に思える。

「おまえみたいなガキは欲しくねぇ」

「あの人、俺の預かってる子どもの親がどこにいるか、知ってる感じのことを言ってたんだ。だから、詳しいことを聞こうと思ってさ」

「どうせ、交換条件があったんだろ？」

「何も払うつもりはないよ。金ならあるけど」

「……いい暮らしだな」

極貧の頃を知っている豊平が苦笑する。佐和紀は小首を傾げ、

「亭主に借りてるだけだから、利息がバカになんないんだよ？」

わざとふざけて肩をすくめた。

「よく言うよ。あの男は高利貸しはやらない。だから、味方も多いんだ」

「敵が多いって言ったじゃん」

「それは、岡崎の泥をかぶってるからだ。それがなきゃ、味方の数が勝るだろう」

「ほんっと、岡崎ってムカつく」

「そう言うなよ。お前のことを親兄弟以上に心配してるのはあいつだ。わかってるだろう」

「知らね」

あっさり返す。

「この問題はな、佐和紀。闇金《やみきん》じゃない。そのツレに、おまえがノシたチンピラが絡んでるってことだ。宮原《みやはら》ってヤツを覚えてないか」

「誰？」

名前を聞いても、ピンと来ない。おそらく、名前を聞くような仲でもなかったはずだ。

「おまえとのケンカがきっかけで、実刑くらったのがいただろう。……まぁ、そういうのはごろごろいるから、忘れてて当然か。とにかく、刑務所《ムショ》から出てきたそいつが、おまえのことを探していたらしい」

佐和紀は箸《はし》をおろした。食事はあらかた済んでいる。

「それって本郷さんも知ってる？　繋《つな》がってんのかな」

「さぁ、どうだろうなぁ。おまえを恨んでる人間と引き合わせるとは思えないけどな」

「ふーん。宮原ねぇ……」

「そういうやつがいるってことだけ、頭の中に入れておけ。しばらく待てば、誰が黒幕か、わかるはずだ」

「待つのは苦手なんだけど」

だから、本郷にも会いに来たのだ。豊平はまた鼻頭にしわを寄せて笑った。

「相手も同類だろうから、あっという間だ」

「……豊平さん、本郷さんの交換条件は前と同じだった。あんたは何も言わないの」

豊平も食事を終える。水を飲み、ひと息ついた。

「おまえはもう単なるチンピラじゃない。大滝組の若頭補佐の看板を背負ってるだろう。

恩は売っておくに限る」

「俺に？　岩下に？」

「おまえにだ」

豊平は静かに答える。

「なんの得にもならないと思うけど……。でも、ありがとう。本郷さんに会わずに済んでよかった。あれが一番安心する」

視線で岡村を示すと、豊平はいかつい顔に同情を浮かべた。

「あんまり苦労をかけるなよ。ただでさえ、おまえはあぶなっかしい」

「利口になったんだけどなぁ」

「本郷に会いに来ておいて、よく言うよ。昔からそうだ。危ない橋ほど、自分で渡って確かめたがる」

「だってさぁ」

昔馴染みへの気安さで、佐和紀はくちびるを尖《とが》らせた。

岡崎と不仲な本郷の動き次第では、こおろぎ組がハズレくじを引くことになる。それが一番こわいのだ。

「……さっさとあきらめてくれればいいんだけどね」

「無理だ、佐和紀。それは無理だ」

重い口調で繰り返した豊平が、難しい顔つきになる。

「さっきの話な。おまえがあいつに対して考えてる不信感も間違ってはいない。本郷が狙ってるのは、岡崎をつぶした上でおまえを得ることだ。どっちが欠けても不満なんだろう」

苦虫を嚙みつぶしたような豊平の表情に、佐和紀はまばたきを繰り返した。

こんなにはっきりと助言されたのは初めてだ。あの頃の豊平は、何かを言おうとしては黙り、どうでもいい話で笑っていた。

「豊平さん」

呼びかけ、タバコに手を伸ばした豊平の視線を待つ。

「あの頃、どうして最後までしようとしなかったんですか」

目を見開いた豊平は、タバコを吸わずに灰皿へ押しつけた。

「男だろ、おまえは。抵抗されてもどうこうしたいなんてのは、頭のおかしいやつだけだ」

「……岡崎とか」

「本郷とかな」

肩を揺すって、にやりと笑う。

「おまえはきれいだから、よがってる顔も指の感触もそれなりによかった。まぁ、なんだな。刑務所《ムシヨ》の中だとか、男しかいない世界なら強姦《ごうかん》してたかもなぁ。それに、おまえがオカマなら話はもっと簡単だった」

「簡単にするなよ」

「な？　男だろ？　お前が本気で嫌がれば、こっちは簡単に殺されるからな。そういうことだ」

「どういうことだよ」

すっきりしないものを感じて、佐和紀は眉をひそめた。豊平も、岡崎や本郷たちと同じだ。本心を隠して、のらりくらりと逃げる。

「もしも俺が、昔みたいに取引をしなきゃならないって、そんな状況になったら、どうする？」

「おまえはもう二度と、そんなことにならない」

豊平に真正面から見据えられる。

「いまさら逆戻りをするなんてのは、おまえの生き方じゃねぇだろ。前だけ見て走ってればいいんだよ。俺はなぁ、おまえと、一回でいいから、キスしときゃよかったって、それだけは、ときどき考えねぇでもない。ヤるかヤらねぇかだけが問題じゃねぇよ」

豊平は立ち上がり、二人分の代金をテーブルに置く。

「おまえがその気になったときは、呼ばれなくても、人をまとめて下につく。昔から同じ気持ちだ」

じゃあな、と手を振って店を出ていった。佐和紀は立ち上がりもせず、見送りもしないで、テーブルの上の灰皿を見つめた。何かがチクリと胸を刺す。

豊平はいつも何かを言いかけてはやめていた。笑っていたのは、憐《あわ》れむような目を隠そうとしたからだ。あの頃からずっと、同じことを考えていたのだろうか。

「姐《あね》さん、行きましょうか」

「俺、どんな顔してる」

座ったまま見上げると、岡村はまばたきを二回した。

「男の顔です。……あぁいうタイプが、こおろぎ組なんですね。頭《かしら》と同じだ」

「わかんないことばっかり言う……」

「男と女もそうですよ。セックスしない恋愛もあります」

話を聞いていたのだろう。佐和紀は、静かな声の岡村を睨み返した。

「ヤクザのくせに……」

「ヤクザほどロマンチックな男もいませんよ。好きでなければ、どんなことでもするんですけどね」

「なんだよ。それこそ、周平に似合いの仕事だな」

ため息をついて立ち上がる。岡村も、食えないおっさんたちと同じだ。佐和紀の質問をするりとかわす。

誰かに言われて気づく真実なんて意味がないのだろうか。

それを尋ねても、きっと答えは返らない。

ふらついた腰をそっと支えられ、足を踏みつけた。

「……手を貸しただけです……」

痛みをこらえる顔を睨みつけ、

「おまえともキスなんかしねぇからな」

踵《きびす》を返して店を出る。

「頼んでませんよ」

背中にぼやきが聞こえた。それはあきれたようでありながら、どこか途方に暮れている。

肩で風を切って歩きながら、佐和紀は目を細めた。

誰かを連れて歩いている自分なんて、想像もしてこなかった。いつまでもチンピラのままだと思ってきた。だから、松浦組長が倒れ、周平との結婚話があったとき、初めてこのままでは立ちいかないと知ったのだ。他人の権力の傘に入ることも含めて、力を持たなければ大事なものは何ひとつ守れない。そう思った。

『ラバウル小唄《こうた》』をくちずさむ佐和紀は足を止めた。

初夏の風が髪を揺らす。

岡村は決して前に出ない。かつての佐和紀がそうだったように、ただ追ってくるだけだ。

佐和紀は笑い、足取り軽く歩き出した。

こおろぎ組の事務所前に停めた車が見える。

黒塗りの車。付き添う舎弟。以前とは何もかもが変わっている。それをごく当然に受け止めている自分が、やけに可笑《おか》しかった。


「シン、おまえはどう思う」

車の後部座席から身を乗り出し、改めて話を持ちかける。それが唐突でも、ちゃんと答えるから不思議だ。

「宮原なんて名前は初めて聞きました。こちらに入っている情報と照らし合わせて考えても、本郷と宮原には接点がないと思います」

調べさせますが、と付け加える。

「初めはさ、俺を口説くために本郷がやらせたのかと思ってた。でも、豊平さんの話も嘘《うそ》とは思えない。それに……」

「佐和紀さん、もしかして」

ルームミラー越しに目が合う。

「うん……」

腕を組んで、窓の外へ顔を向けた。

「金目のものを狙うように、言われてるんだろうな。やっぱり」

寝室を分けた理由は泳がせるためだ。二日前の夜、部屋を出たのも知っている。トイレにしては時間が長かったし、昨日は妙によそよそしかった。

「もしかしたら、それぞれの思惑は別のところにあるのかもしれません。闇金の新井《あらい》という男ですが、この男の目的は金でしょう。でも本郷さんは佐和紀さんとアニキにケンカをさせたいという程度の……」

「そんな理由で、子どもを使うのか。納得できねぇ」

光の背負っている切実さとは釣り合わない動機ばかりだ。でも、利用される側はいつだって、そんなものだろう。必死だからこそ足元を見られる現実には覚えがある。

「闇金は本郷さんからも金を受け取ってるでしょう。子どもを差し向けたことについては、本郷さんの関与はないと俺は思います。そそのかしたかもしれませんが。宮原という男についいて調べますから、待ってください」

「俺を恨んでるなら、呼び出しがかかるはずだ。……金を手にしてからな」

恨みを残すようなぶちのめし方はしない佐和紀でも、相手によってはしつこく追い回される。それで何度か、病院へも担ぎ込まれたのだ。

駆けつけたこおろぎ組のアニキ分たちから、ヤイヤイと説教された過去が甦る。今となってはいい思い出だが、当時は最低の気分だった。

こっちは頭を割られているのに、周りを取り囲むいかつい男たちが右から左から凄んでくるのだ。優しくしても聞く耳を持たない佐和紀が悪いのだが、ケガをしているときはたまらない。

「三人が結託している可能性は低いですが、念のために探っておきます」

「俺の頭じゃ、整理がつかない」

「簡単ですよ。闇金は金が欲しい。本郷さんは佐和紀さんの気を引きたい。宮原は佐和紀さんを狙っている。それだけが事実です」

「さくっとまとめたな。シン」

「はい。あまり複雑に考えると大事なことを見失います。俺たちの世界で筋の通った話なんてのは、都市伝説ですから」

「仁義はどこに行ったんだかな」

「佐和紀さんが持ってます。それでいいんです。豊平さんもそう言ってたじゃないですか」

「……そんな話、してねぇだろ」

「してましたよ」

「嘘つけよ。まぁ、とりあえず、難しいことはおまえが考えてくれたらいい。帰ったら、光と話をする。筋書きの予想もついたから、もう泳がせる必要もないだろう。バカなことをやってなきゃいいけどな」

そればかり心配で、頭の芯《しん》が痛いぐらいだ。

親がろくでなしでも、子どもは別人格だ。人のものを盗み、手を汚して欲しくない。そのとき、心だって汚れてしまうだろう。

肝心なことを何も聞かず、ただワインを勧めてきた周平の顔を思い出す。

きつく抱きしめられたまま聞いた熱っぽい声が、こだまのように脳内に響いた。

全身を覆うような筋肉痛のけだるさが疎ましい。愛されている証拠が自分を包み、心がどこへも行けないように拘束される。

なのに、佐和紀は自由だ。何をしても許され、何を求めても叶《かな》えられる。このままでは、何もかもが自分の実力だと信じ込んでしまいそうだ。

車は走り続けたが、岡村はもう口を開かない。

腕で顔を隠した佐和紀は、もうしばらく周平のことだけを考える。心が軽くなっていくのと裏腹に、腰のあたりがズンッと重くなって困った。

こおろぎ組の行く末がいまだに不安だと言ったら、周平はどんな言葉を口にするだろう。想像できそうなのに、思いつかない。

それが重要なことなのか、取るに足らないことなのか、佐和紀にはわからなかった。目の前のことだけで、手いっぱいで、いくつも同時には考えられない。

息をつき、くちびるを引き結ぶ。それなら、できることをするしかなかった。


庭から離れへ入ると、袖のよれた古いTシャツ姿の光が縁側にいた。

石垣と三井も一緒だ。三人の真ん中には花札が置いてある。

学校から帰ってすぐに始めたのか、黒いランドセルが放り出されていた。長屋の住人のカンパで購入したと聞いたことがある。光の家庭は、長屋に住むどの家庭と比べても、飛び抜けて貧乏だった。

それはそうだ。稼いだ端から、父親の借金返済とギャンブルに消える。母親が隠しておいた生活費にも手をつけ、殴り合いの夫婦ゲンカに発展したこともあったぐらいだ。

そんな環境でも、光はまっすぐに育ってきた。

学校の成績もよく、品行方正さは近所でも折り紙付き。だからこそ、泣きじゃくって佐和紀にすがる光を見た長屋の住人たちも頭を下げたのだ。

「おかえんなさい」

長い髪をひとつにまとめた三井が気づき、声をかけてくる。

「おかえりなさい。何か飲まれますか」

中腰になった石垣を制して、佐和紀は光の隣に座った。岡村は石垣と世間話を始める。

「タカシ、タバコが切れた」

帯に挟んでいるアルミのタバコケースを出すと、

「花札はまた今度な」

光に声をかけた三井が補充のために立ち上がる。

素直な口調でお礼を言った光は、座布団の上の花札を片付け始めた。昨日の挙動不審さがまるで嘘のようだ。

子どもを疑うことの気まずさを感じながら、佐和紀はタバコへ手を伸ばした、三井が持ってきたピースの丸缶だ。一本抜いて、吸い口を指で軽くつぶした。石垣がライターの火を出し、引き寄せた灰皿を佐和紀のそばへ置く。

タバコに火が移ると、濃厚な匂《にお》いが鼻先をくすぐった。

「学校はどうだった」

細く煙を吐き出して、光に声をかける。

「いつも通りだった」

屈託のない明るさで声が返った。

「そうか。……よかったな」

話の切り出し方を考えたが、うまい方法なんて思いつかない。持ってまわった言い方は、使うのも使われるのも苦手だ。

しかたなく、ありきたりな揺さぶりで切り込むことにした。

「昨日の晩は」

「何もしてないよ」

答えは、佐和紀の声にかぶさった。

『昨日の晩は、留守にして悪かったな』

そういうつもりだった佐和紀は、苦々しい気持ちで眼鏡《めがね》を押し上げる。

ことさら明るく振舞う光の本心が透けてみえた。

「どういうことだ」

口元を歪めるようにして笑いかけると、光はきょとんとした表情になった後で一気に青ざめた。

「え、えっと。宿題、宿題をしなくって……」

「タカシ。おまえら、昨日はどこで寝た」

「一応、同じ部屋で」

縁側でタバコを吸っていた三井が軽い口調で答える。

「そうか……。光。その前の晩も、『何も』しなかったのか?」

わざとゆっくり話しかけた。

「宿題は出てなくて……、だから」

「光」

呼ぶと、肩が縮こまる。目が不安げに泳いだのは、怒ったときの佐和紀を思い出すからだろう。

「闇金から言われたモノは探せたか」

細い肩がびくっと大きく揺れ、光は力なくうなだれた。

「なんだ、それ」

三井が口を挟もうとしたが、岡村に止められて黙る。佐和紀は静かに続けた。

「これからか。それとも……」

「あの男が」

光が恨めし気に口を開く。それが誰のことなのか、佐和紀にはすぐにわかった。三井たちにもわかるだろう。この家に出入りする可能性のある人間は、あと一人しかいない。

「あの男が言ったんだ？　……んだよ、言わないって言ったくせに」

佐和紀はタバコを片手に挟んだまま、もう一方の手を伸ばした。昔に比べれば薄くなった光の頬《ほお》を思いきりつねりあげる。

「やったのか、やってねぇのか。それを聞いてんだろうが。あぁ？」

「痛い、痛い！　ごめんなさい」

　両手を振り回して逃げた光が、縁側の上を後ずさる。

「謝って済むと思うな。俺を頼ったなら、おまえが一番に打ち明けるべきなのはそういうことじゃないのか？　あの長屋で、何年一緒に暮らしてきた！」

「ごめんなさいっ」

「謝るなって言ってんだろ！　安売りするな！」

　声を荒らげると、感情が昂《たか》ぶる。

「泣き落としでほだされたと、本気で思ってんのか」

「ち、違うの」

　怒鳴られた光の目に涙が浮かんだ。この程度で泣いてしまうくせに、盗みを働こうなんて甘い。でも、その甘さにも理由がある。

　光には光の、引くに引けない事情があってのことだ。それは理解できたが、行為自体は許せない。許してはいけないと思う。

　だから、佐和紀はわざと冷たく笑みをこぼす。

「ガキが……。他の家から盗るぐらいなら、うちの方がましだと思っただけだ」

「俺のこと、疑っ……ッ！」

　最後まで聞く必要はなかった。くちびるにタバコを挟んで、片膝を立てる。腕のリーチはじゅうぶんにあり、三井たちが止める前に、光の頬を裏手でぶった。

軽い身体は横に崩れ、勢いに任せて縁側の下へと転げ落ちる。

「姐さんッ！」

慌てた三井が叫び、石垣が腰を浮かせる。岡村だけは微動だにしなかった。

「疑われないと思ったのか。ふざけんな。怪しいに決まってんだろ。自分の父親のやったことを見てみろ」

おまえも同類だと責める言葉に、光がくちびるを噛んだ。見開いた目から涙がこぼれないのは、まばたきそのものを必死にこらえているからだ。

「何を盗った？　周平の部屋なら、金目のものは山ほどあるだろう。まだ盗るつもりか？」

土の上でうずくまる光の身体がぶるぶる震える。拳《こぶし》が砂利にめり込み、張り詰めた糸のような緊張感が生まれた。

「盗ってない……」

光が言った。その声は小さく、五月《さつき》晴れの日向《ひなた》で遊ぶ雀《すずめ》たちの声にさえ掻《か》き消される。

「声が小せぇんだよっ！」

腹に力を込めて怒鳴りつけると、光だけでなく、縁側にいる世話係の三人までもが飛び上がった。

「と、とって、ません！」

まぶたをぎゅっと閉じ、涙をこぼしながら叫んだ光が肩で息を繰り返す。

「部屋に入って……ッ、腕時計を見つけたけどッ……、あの男が、……岩下さんが、……金になるって言ったけどッ。俺は盗らなかった！」

周平は予測していたのだ。昨日の晩、話に出さなかったのは、結果の見えていることを問題にして、二人の間の良い雰囲気を壊したくなかったからだろう。

周平の我慢は、性欲に関してだけ、確実にリミットがある。

「でもッ……、このままじゃ、父さんが……死ん、じゃう……」

「期限付きか？」

黙っていられないのだろう三井が、身を乗り出した。腕で涙を拭《ぬぐ》った光は、素直にうなずく。そんな二人のやりとりを、佐和紀はわざと笑い飛ばした。

「自分の息子を泥棒にするぐらいなら、死んだ方がいいだろう。そう思えない親なら、捨てることだな」

タバコを揉《も》み消して、くちびるについたショートピースの葉っぱを指先で払う。石垣がなだめようと声をかけてきたが、無視して続けた。

「光。お前の親父《おやじ》がどうなろうが、俺には関係ない。だいたい、自分が遊ぶために借りた金だろう。里美さんが出ていったのだって、それが原因じゃないのか」

「……じゃあ、どうしろって、言うんだよ……」

　砂利に両手をついた光が、くちびるを噛む。子どもに不似合いな、どす黒い感情が瞳《ひとみ》に渦を巻く。光はこらえきれずにしゃくりあげた。

「父さんの借金癖は直らないしッ……。あんたたちみたいなのが金を取りに来るし。母さんはいないし……ッ」

　声は高くうわずり、ときどきひっくり返った。顔は涙でぐちゃぐちゃになり、砂がついて汚れている。

「俺だって、泥棒なんかやりたくない！　でも、でもっ」

　佐和紀は縁側を下りて、光を引き起こした。その頬をもう一発、ひっぱたく。

　優しくされると期待した子どもの顔に落胆が浮かび、瞳が一気に充血した。

「ヤクザが相手でも、人のモノを取れば犯罪だ。親が最低なら、子どもがグレても当然か？　そんなこと誰が言った。……頭、冷やせ」

　優しくすることは簡単だ。そうして欲しいときがあることも知っている。だけど、それはこのタイミングじゃない。

「部屋に入れとけ」

　無理やり立たせて石垣へと押しやる。

　佐和紀は意味もなく手近にいた三井を張り飛ばし、そのまま下駄をつっかけて庭を抜けた。

新緑の陰を選んでふらふら歩き、母屋の庭にある東屋《あずまや》で足を止める。椅子《いす》に座ってテーブルへ突っ伏したが、ため息も出ない。

「シンか」

人の気配を背後に感じ、顔を向けずに尋ねた。肯定する岡村の声が聞こえる。

「悪いんだけど、周平に、連絡取ってくれないか」

「用意はできています」

言われて顔をあげた。よくできた男だ。携帯電話を差し出され、耳に押し当てる。

「知ってたんだな」

『本人が言ったのか？』

穏やかな周平の声が電波に乗って聞こえてくると、激しく波立っていた胸の奥がさざ波程度には静まった。

「まぁ、自爆だな……。ガキのくせして、都合のいい言い訳なんか口にするからキレた」

『子どもだからするんだよ』

「知らねぇよ」

話の聞こえない場所まで離れる岡村を見ながら、佐和紀はくちびるを尖らせた。

「あいつを見てると、子どもの頃を思い出す。母親が死んだのは、あいつぐらいの歳《とし》だった……。バカやってでも親父を助けたい気持ちは、わからないわけじゃない。けど……」

『おまえの気持ちは伝わるはずだ。俺は持っていけと言ったが、盗っていないだろう』

「だけど、嘘をつくことを覚えてる」

『誰だって保身には走る』

「まだ子どもなのに」

『おまえは素直だったたか』

周平が笑う。深刻さを感じさせない柔らかな声が胸に沁《し》み、いつもなら気分も落ち着くはずだった。なのに、今日に限って胸騒ぎは収まらない。

「周平。……あれぐらいの歳の頃を覚えてる?」

『鮮明とまではいかないけどな』

「……俺は、覚えてない。母親がどうして死んだのか。覚えてない。その頃の記憶が……。ばあちゃんが死んだときのことは、はっきりと覚えてるのに」

自分で口にして愕然《がくぜん》とした。胸の奥で、不安が弾《はじ》けた。

覚えていてもおかしくはない。死んだのは母親だ。人生の一大事だ。なのに。

記憶はすっぽりと抜けている。

『佐和紀? 自分で記憶を封じ込むことも、ないわけじゃない』

「そうじゃなくて……」

佐和紀は言い淀んでくちびるを噛んだ。

遠い過去だ。記憶が鮮明であるはずはない。でも、抜け落ちるものだろうか。母親と別れたのに……。

『そっちへ帰ろうか』

異変を感じ取った周平の声は穏やかだ。だから、佐和紀は首を振る。

「いや、いい」

『無理はするな。そう言っただろう。佐和紀』

「無理なんかしてない。帰ってくるな。今は、嫌だ」

『答えを急ぐなよ。光のことがあって混乱しただけだ』

無理に踏み込んでこない周平は大人だ。

『落ち着いて話せるようになったら、昔の話をしよう。おまえとあの子どもは同じじゃない。あんまり自分と重ねるなよ』

「……わかった。ごめん」

電話を岡村へ戻すように言われ、離れて控えている男を手招いた。携帯電話を渡す。

確かに佐和紀は混乱していた。

光を叱《しか》り飛ばしているうちに、記憶が甦り、何かを思い出しそうになった。あの頃の辛さは言葉にできない。母がいなくなり、祖母が死に、さびしさを忘れるためには、生きることに必死になっているしか方法がなかった。

優しい大人もいたが、ひどい扱いも受けた。殺したい相手や、死にたいときもあった。

それでも生きたのは、母と祖母を忘れなかったからだ。

苦労だけで死んだ二人を思えば、生き続けているより他には道がなく、自分で死ぬぐらいなら産んでもらわなければよかったのだと思った。だから。

生まれてきたからには生きる。それだけが人生の目的になっていた。

「佐和紀さん。俺はこのままアニキのところへ行きます」

岡村の声で現実に引き戻され、眉をひそめて見つめた。

「どうして。……いろよ」

「アニキの命令です。今日は三井と過ごしてください。呼んできます」

「シン、いてくれ」

まだ気持ちが落ち着かない。周平が言う通り、自分の過去と光の不遇が似通っていると思うせいだ。それとも、似ていない二つを、無理に重ね合わせようとして、歪んでいるのかもしれない。

「無理ですよ」

佐和紀を拒めない岡村は、ジャケットの裾《すそ》を引かれたままでかすかに笑った。

「こんなふうには、頼らないでください。踏ん張る自信がありません。それをあの人に見透かされるようでは、無理です」

「裏切り者」

「そうじゃないですよ」

岡村の指に、拳を開かれる。手の内からジャケットの裾が引き抜かれた。

「周平じゃダメだ。こんなことで、迷惑をかけたくない」

「じゃあ、キスをさせてくれるんですか」

『こんなこと』の内容には触れられることもなかった。

「……バカなこと言うなよ」

「アニキの代わりにされると、俺だって傷つきます」

「嘘つき」

不満をあらわにすると、うつむいた岡村はそのままため息をついた。

「嘘です。……でも、俺にいて欲しいのも、嘘じゃないですか？　本気なら残りますけど、気の迷いには付き合いません」

「……つまんねぇ」

「そういうところ、少しだけアニキに似てきましたね」

「嫌いか」

「アニキのことを悪く思ったことは一度もありません」

そつなく煙に巻かれ、佐和紀は髪を掻き上げた。椅子から立ち上がる。

もしもここで岡村とキスをしたとしても、それでそばにいてもらったとしても、それはなんにもならない。

相手が周平でなければ、佐和紀には何の価値もないからだ。

不安が消えることもなければ、満たされることもない。残るのは軽はずみから生まれる後悔だけだ。

「離れに戻る。宮原のこと、周平にも伝えておいて。何かわかったら連絡してくれ」

一瞥を投げて東屋を出た。岡村もついてくる。

「ついでに余計な嫉妬《しっと》はよせって言っておけよ。おまえを貸したのはあいつなのに」

「すみません。俺がなっていないばかりに、ご迷惑を」

「しらじらしい……」

口ほどにも思っていないだろう。佐和紀が動揺しすぎたのだ。そうでなければ、周平は岡村を遠ざけなかった。

軽はずみで傷つくのは、佐和紀だけじゃない。

それに気づき、佐和紀は眼鏡を指で押し上げた。桜に芽吹いた若葉を眺めながら歩く。

季節の移り変わりは眩しくて、過ぎた昔がまた形もなく甦る。

過去の自分を思い出すとたまらない気分になるのは、『孤独』の重さにつぶされそうになっていたと、今になってわかるからだ。あの頃は、実感する余裕もなかった。

『家族』が欲しかったのだと思う。

だから、こおろぎ組での生活を守りたかったし、誰かのために生きたかった。

松浦のために男と結婚すると決めたとき、佐和紀はごく当たり前の幸福よりも自分の居場所を求めた。

女と結婚して幸せな家庭を作ることもできたはずなのに、父親同然の松浦以上の存在を欲しくないと思ったのだ。

光も同じだろう。今はまだ、どんな親であってもそばにいて欲しいと思う。たとえ他人を傷つけても、自分を傷つけても、居場所である家庭を守りたいのだ。

佐和紀は静かに息を吸い込み、着物の衿《えり》を指でしごく。

身体に残った昨晩の疲労はまだ重く、周平の刻み込んだ快楽の名残に薄く笑う。

家族ができても、結婚しても、二人が一人になれない以上、孤独感はついて回る。激しく身体を繋ぐ快楽もまた、一瞬の絶頂に過ぎない。離れた後のわびしさは、隙間風になって胸へと吹き込む。

それでも幸福なのは、孤独を口にすれば、埋めようと抱き寄せる腕を知っているからだ。

そして相手を抱き返すこともできる。

電話越しに聞いた周平の声を思い出す。佐和紀はもう一度大きく息を吸い込んだ。

光が寝室の続き間に閉じこもったままで夜が来た。

夕食は石垣が届け、終わる頃を見計らって三井が様子を見に行く。母屋のダイニングで石垣と向かい合った佐和紀は、食後の緑茶をぼんやりと眺めた。

「なんていうか……、図太いところもあるな」

そう言いながら入ってきた三井が、トレイをテーブルに置く。乗せられた食器は、どれもきれいに完食してあった。

「姐さんがまだ怒ってるかどうか聞かれた。適当にごまかしておいたけど……」

「話、してくる」

佐和紀はすくりと立ち上がった。

「俺も行こうか」

また手が先に出るんじゃないかと心配している三井を断り、同じように心配している石垣を睨んでダイニングを出た。

離れに続く渡り廊下を歩きながら、佐和紀は静かに息を吐く。

すっかり住み慣れた建物の、いつもの寝室の隣の部屋に声をかける。着物の衿を正しながら、二度三度と繰り返す。やっと襖《ふすま》が開き、光が顔を見せた。

明かりの消えた部屋の中は薄暗く、敷かれた布団は乱れていた。うつむいた表情は見えなかったが、もう寝るつもりでいたのだろう。

「話をしようか」

優しく語りかけたつもりが、思いのほか硬く響く。どうにもうまく話せないと佐和紀は思った。

反応を見せない光を部屋へ押し戻し、襖を閉めた。明かりをつけず、庭に面した障子を開く。

常夜灯の明かりが差し込み、部屋の中がほの明るくなった。

庭に向かってあぐらをかき、光を呼び寄せた。

「叩《たた》いて悪かったたな」

加減をしたつもりだったが、腫《は》れるかもしれない。

佐和紀の手が届かない場所に正座した光は、無言のままでうなだれる。閉ざされた心の硬さが手に取るようにわかり、佐和紀は盆のくぼを指で掻いた。

「おまえ、ヤクザが嫌いか」

唐突に切り出す。揃《そろ》えた膝の上で、光の拳がキュッと固まる。

それを見た佐和紀は、苦々しく視線をそらした。いつからだと聞けば、傷つくのは自分だろうと思う。

『あんたたちみたいなのが金を取りに来る』って言われて、闇金と俺たちは違うって、思えなかったな……」

「佐和紀さんは違う。……いつも、助けてくれた」

　長屋にいた頃の話だろう。嫌がらせに来る取り立てを追い返したこともあるし、松浦が話をつけて返済期日を延ばしたこともあった。

「どうして、出ていったの。ずっと居てくれたら、こんなことにはならなかったのに」

「しかたなかったんだ。オヤジが倒れて……金がなかった。他の人から聞かなかったか？」

「聞いたよ」

　うつむいた光が自分の膝を強く摑《つか》む。

「ヤクザが佐和紀さんをお金で買ったって、そういうことだろ」

　小さな頭が、意を決したようにあがる。まっすぐに向けられた視線を、佐和紀はたじろがずに受け止めた。

「佐和紀さんをヤクザだと思ったことないよ。……出ていくことなかっただろ。いて欲しかった。ずっとなんて、そんなこと、思ってない。でも……、でも」

　見つめてくる瞳に涙が滲《にじ》む。口惜しさを嚙み殺そうとするくちびるがわなわなと震え、佐和紀は一瞬だけ視線をそらした。

「男と、結婚したのが」

佐和紀の言葉の途中で、光の肩がぶるぶると震えた。嗚咽《おえつ》を漏らしたかと思うと、

「嫌だ。俺、嫌だ……ッ」

声をあげて泣き崩れた。その背中に、佐和紀は唖然《あぜん》として言葉もない。

「こんなの、やめてよ。変だよ。佐和紀さん、男でしょ？　なのに、お金のためとか、そんなことで……嫌だよ」

泣きながら手を伸ばしてきた光に腕を摑まれる。激しく揺さぶられた。

「ヤクザの好きになんかされないでよっ。……嫌だよ、嫌だ」

「光。それは……」

違うと言いかけて、佐和紀は口ごもる。

「男同士で『好き』なんて変なんだよ。佐和紀さんだって、そう言ってただろ。忘れた？　お願いだから、戻ってよ……ッ。元の佐和紀さんに戻ってよ」

口にしようとする言葉がことごとく口の中で溶けて消える。何も言えず、腕を振りほどくこともできなかった。

光の言葉は正論だ。そして真実でもある。

あの長屋の暮らしの中で、佐和紀は孤高でいることを美徳にしてきた。誰にも頼らず、男の欲望も手玉に取って、自分の腕一本で生きることが『男らしさ』だと、そう言って憚《はばか》

らなかった。その自分の変わり身が、子どもの目にどう映るのか。目の前で号泣されて初めてわかる。

「……繁さんのことは、俺がちゃんと始末をつける」

「そんなこと言ってんじゃないんだよ！」

光が大声で叫んだ。

「佐和紀さん、あのヤクザと何してんの!? おかしいよ！ 佐和紀さんは男なんだから……っ！ 女みたいにならないでよ。俺、嫌だ。そんなの、気持ち悪い」

言葉がぐさりと胸に刺さり、光に泥棒の真似《まね》をさせた一因は、自分にもあるのだと悟った。たとえ、お門違いの逆恨みだとしても、やり場のない子どもの想いを、無関係だと言い切れない。

胸に広がる苦さは、光が感じているものと同じだ。あの頃の佐和紀を頼もしく思っていたのなら、その気持ちの分だけ、佐和紀と周平の関係は子どもを落胆させる。

「……光。これは、子どもにはわからない話だ」

「気持ちがいいからなんだろ」

子どものまっすぐな目が、嘘を許さない鋭さで佐和紀を追い詰める。

「お父さんを連れていった男が言ってた。佐和紀さんは、あのヤクザにコマされて、女にされたんだって……」

「コマされたって……意味わかってんのか」

「わかってる」

真っ赤になった目で睨まれ、男たちが懇切丁寧に説明したのだと察しがつく。よほどおぞましくて、言葉にはしたくもないのだろう。誰を憎むべきかもわからないまま、光は怒りに燃えた目で佐和紀を見る。

「俺が変わったことは、否定しない」

それしか言えなかった。

「佐和紀さん……ッ！」

反論ひとつ思い浮かばず、光の手をほどいて立ち上がる。

憤りと落胆と憎しみが入り混じる声で背中を刺され、振り返ることもできなかった。


離れの玄関から外へ出た佐和紀は、中庭の片隅に立ち尽くした。

漫然とした衝撃が尾を引いて、母屋へ戻る気にもなれない。庭木の枝を鷲掴《わしづか》みにして、力まかせにへし折り、ハッとして手を離す。

同性愛を否定されたことよりも、元へ戻ってくれと言われたことが辛かった。何も変わってないとは言えないし、あの頃の自分に戻りたいとも思えない。

光にとっては、長屋暮らしの佐和紀が『強い男』に見え、自分たちを守ってくれる無頼だったのだろう。誇らしく思っていたからこそ、佐和紀の選んだ道が許せないのだ。

薄闇に濃い影が伸び、うつむいていた佐和紀は顔をあげた。

「こんなところで、どうした」

長身に決まりすぎのスリーピース。夜になって少し疲れた風情なのは、ネクタイがゆるんでいるからだ。

ごく当然のように抱き寄せられ、光の言葉を思い出したが、拒んだりはしなかった。

消えかかったスパイシーウッドの残り香を探すように息を吸い込むと、あごを指先で促される。肩に身を寄せ、のけぞるように仰向くと、キスが落ちる。

非難がましい光の声が脳裏に小さくこだまする。悲痛な泣き声をかわいそうに思っても、それ以上の感情はなかった。

周平に抱かれて交わすキスの熱さは、誰かの許しを得るようなものじゃない。父親同然の松浦でさえ、周平との仲は裂けなかったのだ。

「昨日の今日で、もう物足りないのか」

卑猥《ひわい》に笑いかけられ、視線をそらす。佐和紀からくちびるを舐《な》めると、周平の舌が応《こた》えた。

「どこでなら挿《い》れていいんだ」

「……ダメに決まってんだろ」

言いながらもキスが止められない。周平の手に身体をまさぐられ、息が上がった。抱いて欲しいと言いかけそうになり、ぐっと飲み込む。

「昨日、ヤりすぎた……」

そうごまかして身を引く。腕に抱かれたまま、肩へ頬を押し当てた。

「光のやってること、どうして気がついた？」

「……偶然だ。おまえの寝顔でも眺めようと帰ったら、ネズミがいた。それだけのことだ」

「今日、叱ったんだ。それで……さっきも、また揉めた」

本当のことが言えず、周平の腰に腕を回して、ぎゅっと抱きついた。かすかな笑い声が耳元をくすぐる。

「何か言われたのか？」

「まぁ、いろいろと……、俺がいなくなったからヤクザにつけ込まれる隙ができたとか、そういうこと。……周平、ダメだ」

いつのまにやら、大きな木の陰に連れ込まれる。常夜灯の明かりも届かない場所だが、離れからはそう遠くない。光が探しに来たら、見つかるかもしれない場所だ。

「何をしてるかなんて、わからない」

闇に紛れた手が、佐和紀の着物の裾を割る。

「……はっ……ぁ」

素肌を撫《な》でられ、力が抜ける。下着越しにいたずらを仕掛ける指は、容赦なく佐和紀を焚《た》きつけた。

「少しだけ触るぐらいならいいだろ？　挿れたりはしない」

「……だ、め……っ」

声が甘くほどけ、佐和紀は顔を歪めながら周平を見上げた。布越しのもどかしさが気持ちよくて逃げられず、指を首筋へと這《は》わせて引き寄せる。

「そんな声で断れると思うな。……俺とマンションへ帰るか？」

魅力的な誘いだったが、佐和紀は頭を振って拒んだ。

今夜、離れを留守にしたら、光はもっと落胆するだろう。佐和紀の幸福が光に非難されたとしても、すがる気持ちで伸ばしている手だ。すげなく振り払えない。

「周平……っ。それぐらいに、して……」

指が下着の中へ入りそうになり、身をよじって逃げた。

「もう少しいいだろ？」

意地の悪い声は、この先に進めばどうなるかを知っている。

「『少し』なんて、嘘だろ」

睨みつけながら、着物の裾を直す。「じゃあ、キスは」と問われ、軽くならと答えた。じっと見つめられ、あごを指先に捕えられる。キスはたわいもなくくちびるの端に押し当たり、佐和紀はあっさりと解放された。

「足元に気をつけろよ」

暗闇から連れ出され、軽すぎると文句を言いかける。名残惜しく視線を向けた。

「タモツとタカシが、母屋で待ってるから……」

「会ってきた。おまえの顔も見られたし、俺はこのまま帰る」

満足そうな笑みに見送られ、佐和紀はその場を後にする。母屋に近づいてから振り向くと、周平は変わらずそこにいた。

軽く手をあげて、佐和紀はもう一度背を向けた。

＊＊＊

さて、と身体の向きを変える。

「出てこい」

スラックスのポケットに手を差し込んで声をかけると、低木の裏にいた子どもはすくりと立ち上がった。

「佐和紀と何の話をしたんだ」

大股《おおまた》で近づき、低木越しに対峙《たいじ》する。への字にくちびるを曲げた光は、憎しみのこもった目で周平を見上げていた。

その理由は聞かなくても察しがつく。

「おまえ、人を好きになったことがあるか？　まだ母親の腕の中が一番だろう」

「あんたが佐和紀さんを好きだなんて、許せない」

「佐和紀が誰かを好きなのも、許せないんだろう」

でも、光自身が佐和紀に惚れているわけでもないのだ。この子どもはただ、自分の居場所を守りたい一心で動いている。

長屋というひとつのコミュニティの中で、佐和紀は確かに心強い用心棒だっただろう。それを奪った周平を憎むのは、当然のことだ。

「佐和紀にそう言ったのか」

電話で話したときの混乱ぶりが心配になって顔を見に来たのだが、佐和紀はもうそのことを忘れ、次の問題の中にいるようだった。

「佐和紀さんは、男だ。あんたみたいなヤクザに……、かわいそうだ」

くちびるを噛んだ光が目を伏せる。周平は、二人のやりとりに想像を巡らせた。

その上で、ため息をつく。

抱き寄せた佐和紀はいつもと変わらなかった。光の言葉に動揺していても、気持ちに迷いはなく、キスにもいつも以上の熱っぽさで応じた。

その事実は、想像以上に周平を熱くさせる。

「な、なんで笑ってるんだよ……ッ」

「おまえのおかげで、佐和紀の気持ちを試せたからだ。……小遣いでもやろうか」

「ふざけんなよ！」

叫んだ光のあごを逆手で掴む。ぐっと持ち上げて黙らせた。

「佐和紀のためを思うなら、俺に牙《きば》を剝《む》くな。あいつの旦那としては大目に見てやる。でも、ここの若頭補佐としてはそうもいかない」

「ヤクザなんて……」

「嫌いでけっこうだ。好かれるヤクザなんて気味が悪い。おまえらカタギはせせこましく働いて、たまに足を踏み外して金を落としてくれればいい。それが嫌なら、まっとうな道をしっかり歩いてろ」

「佐和紀さんに、何を……」

「見てたんだろう。わからないのか」

「あんたが勝手にしてんだろ。あんたが……ッ」

周平の力強い指を、涙ながらに引き剝《は》がした光は、よろよろと後ずさる。

「佐和紀が不幸そうに見えるなら文句をつけろ」

　はっきり言い放った周平の言葉に、光が表情をなくす。

「佐和紀を利用しようが、おまえが利用されようが、俺の知ったことじゃない。だけど、佐和紀を傷つけるようなことがあれば、長屋もろとも許さない。おまえらガキも含めてだ」

　大人でも腰を引く本物の威圧感を前にして、光はあっけなく崩れ落ちた。

「佐和紀はな、金や組長のために身体を売ったんじゃない。まして、俺が犯してモノにしたんでもない。……ごく普通の恋愛だ。好きになって、一緒にいるんだ。男同士だってことに問題があるって言うなら、好きに思ってろ」

　言い捨てて踵を返した周平は、思い立って振り向く。

「佐和紀は都合のいい番犬じゃない。人の生き方に口を出すな」

　その言葉に対する反応は、すぐに背を向けた周平にはわからない。知りたいとも思わなかった。どうでもいいことだ。

　光に都合のいい言い訳を与え、懐柔することだってたやすくできる。でも、これは佐和紀の問題だ。だから、しない。良かれと思う過保護さで自力の成長を妨げないように、ただ黙っている。

　見守ることは愛情だ。

けれども、忍耐は苦行のひとつでもある。惚れた相手が悪かったと思いながら、周平は取り出したタバコに火をつけた。

惚れなければ、という仮定は、存在していない。

4

夜遅くから降り始めた雨は昼に向かって小降りになり、昼食を終える頃には降りやんだ。

「大丈夫ですかね」

離れのリビングで、テーブルの上に湯呑《ゆの》みを置いた石垣が口を開く。雨があがるのを待っていたかのようなタイミングだ。

昨日の夜、さらに揉めてしまったことは伝えてある。朝は石垣と三井も一緒に四人で朝食を囲んだ。佐和紀と光は乾いた挨拶《あいさつ》を交わしたきり、目も合わさなかった。

「ダメでも我慢するしかないだろ。あいつの人生だ」

文庫本を開いたまま、ソファーに座る佐和紀は視線も向けずに答えた。

「冷たくねぇか？」

隣の三井が携帯電話をいじりながら笑う。昨日は周平に呼び戻された岡村も、昼前に再び合流して、シングルソファーに腰かけている。いつものスーツ姿で、湯呑みに手を伸ばす。

それを視界の端に見ながら、佐和紀は三井に答えた。

「相手は子どもなのに、か？」

「ガキと動物には優しいと思ってた」

「俺が優しいのは女に対してだけだ」

うそぶいて、時代小説の文庫本を閉じる。

まだソファーのそばに膝をついていた石垣が目に入り、

「辛気臭い」

言葉を投げつけると、困惑気味な表情がさらに歪んだ。

「すみません。昨日の夕方は、あの子、すごく落ち込んでいたので」

「盗みをやろうとして怒られたんだ。三日はしょげ返ってるのが普通だろう」

佐和紀は湯呑みに口をつけた。湯気で曇った眼鏡をはずし、襦袢《じゅばん》の袖で拭《ふ》いてかけ直す。

「親のためだからって、やっていいことと悪いことはあると思わねぇ？　そんなのは言い訳だ。おまえだって親が悪人だから、この道に入ったわけじゃないだろ？」

「でも、そういう人間もいます」

石垣は硬い口調で答えた。

「そうだな。俺とか、シンとかな。そうは見えるかもな。なぁ、シン。おまえはどう思う」

岡村は父親がヤクザだった。それがネックになって就職もままならなかったのだ。

「踏み外すか、踏み外さないか。それだけだと思ったこともありますが」

膝の上で指を組んだ男は冷静な返事をする。その答えを聞き、佐和紀は石垣に視線を戻した。

「俺は、他に道を知ってるかどうかだと思う。生きる道なんていくらでもあるのに、俺もそれを知らないで生きてきた。だから、学のあるなしなんて関係ない。あいつには、親の生きている道以外、自分に道はないと思って欲しくないんだ」

自分の口にする言葉が胸に刺さり、佐和紀は苦々しく顔を歪めた。光にぶつけられた言葉のひとつひとつは思い出せないのに、混然となった感情の重さが胸に痛い。

周平との関係を理解させたいとは思わない。でも、あの頃に戻ってくれと言われたショックは尾を引いている。

長屋での暮らしは懐かしく思う。家族同然の人々の優しさは今も胸に温かい。だけど、戻りたいかと問われれば、否定する。『家族同然』は疑似だ。周平と作り始めた、『夫婦』で『家族』という関係に勝てるはずもない。

佐和紀はため息をついた。世話係たちの漂わせる心配げな雰囲気を拒んで、自分の殻に閉じこもる。

過去には線引きをしなければいけない。

どんなにあの頃が懐かしくても、住人たちの世話になってきたのだとしても。光に必要とされていても。

あの場所はもう過去だ。佐和紀は頼りがいのある不良じゃないし、あのまま、長屋でカタギに戻る未来は考えたこともなかった。

真実はいつもしょぼくれている。佐和紀は貧乏に喘《あえ》ぐだけの、単なるチンピラのヤクザで、夢も希望もなかったのだ。

あの長屋を出て周平の嫁になるまでは、そうだった。

だから、大切なのは光に理解させることではない。この結婚の理由や意味を説いても、解決にはほど遠い。

『カタギ』と『ヤクザ』の間にきちんとした線を引き、光も佐和紀も互いをあきらめる。それがヤクザ側のケジメだ。

「失礼します！」

佐和紀の物思いを見守る静けさの中に、ノックの音が響く。準構成員である『部屋住み』の一人の声が重なった。

岡村が立ち上がる。廊下へ出たかと思うとドアの隙間から話し声が聞こえ、しばらくして戻ってきた。

「姐さん、悪いお知らせです」

一枚の紙をテーブルへ置いた岡村の表情は落ち着いていた。

「痺《しび》れを切らしたようですね。宮原と新井が、校内で光と接触したようです。組織に所属していない人間は、やることが大胆で困るな」

事件の発生を察知した三井と石垣が身を乗り出した。佐和紀はその場で腕を組む。

こうなることは想像がついていたし、光には悪いが、待ってもいた。佐和紀は殴り書きされている文面を目で追った。

光を拉致《らち》した事実と佐和紀を呼び出す内容だ。送り主の名前はなかったが、指定されている場所は闇金・新井の事務所になっている。

「汚い字だなぁ」

三井が顔をしかめ、

「誤字だらけだ」

石垣がつぶやくのを聞いた佐和紀は、赤ペンを取ってきて差し出した。

「間違いを直してやれ。持っていく」

石垣はわかりましたと答えながら苦笑いを浮かべた。

「で、どうすんの？　このケンカ、買うの？」

赤ペンを入れている石垣の手元を覗き込んでいた三井が、ちらりと視線を向けてくる。

薄笑いでかわした佐和紀は、隣に立つ岡村を見た。

「シン。五分でいいから周平の時間を押さえてくれ。会いに行く。ダメなら電話でもいい」

「わかりました。すぐに連絡を取ります」

「誰の思惑かなんて、どうでもいい。俺は親子まとめて取り戻しに行く。泥棒の真似ごとをさせようとしただけでもムカついてんだ……。責任は大人に取らせる」

「……金属バット、用意しますか」

赤ペンにフタをした石垣が笑う。佐和紀は眼鏡を指で上げ、小首を傾げた。

「タモツとシンは『留守番』組な。タカシ、おまえは来い。どうせだから、能見にも声をかける。居場所を探しとけ」

「『一人で』って書いてあるけど」

三井が紙を指さした。

「はぁ？」

眉根をひそめた佐和紀は、視線を険しくする。

「外道のやり方に、なんで俺が従わなきゃいけないんだよ。誰にモノ言ってんのか、きっちりわからせてやる。行ってやるだけでも、喜ぶだろうしな」

そう言って笑うと、視線を向けてくる三人は揃いも揃ってたじろぐ。このときを待っていた佐和紀の怒りが、想像以上に深いと気づいたからだ。

「能見さんか……。巻き込んだら、大喜びするだろうな。ってか、それなら、俺はいらなくね？」

嫌な役回りから逃げようとする三井が、自分の顔を指さしてみせる。能見は遠野組の用心棒をしている元格闘家で、殴り込みには力強い助っ人だ。

佐和紀はにやっと笑う。

「来い」

一言で片付けた。

＊＊＊

岡村からの連絡を受け、会談を早めに切り上げた周平は、空き時間の隙を狙う構成員に頼まれ、ミーティングをこなした。

結婚して状況が変わったのは佐和紀だけじゃない。周平もまた、やみくもな忙しさを手放し、舎弟たちに仕事を割り振り始めていた。

そのフォローをしている途中で入ってきた佐和紀に、同席していた構成員たちはあんぐりと口を開き、閉じることを忘れたままで部屋を出ていく。

付き添いでやってきた岡村だけが余裕の笑みで男たちを見送り、外で待ちますと言い残してドアを閉める。

正絹ならしっとりと、紬《つむぎ》ならさらりと。どちらも艶《つや》っぽい着こなしをする佐和紀だが、今日の木綿はどちらとも違って快活だった。ギンガムチェックの着流しはカジュアルだが、軽やかさの中に独特の色っぽさが混じっている。

眼鏡ではなくコンタクトをつけた表情は凛《りん》としていたが、感情の昂ぶりが渦巻いて潜み、『こおろぎ組の狂犬』とまで言われた佐和紀の凶暴さが見え隠れしていた。まるで磨かれたナイフの刃のように、光っている。

暴力《バイオレンス》と色事《エロス》は紙一重だ。だから、佐和紀はときどき壮絶にきれいな顔をする。怒っているときは特にだ。

「座れよ」

初夜でも見せた憤りの表情を懐かしく思い出し、周平はソファーを勧めた。

「時間がない」

落ち着きのない佐和紀が、そんな自分をいさめるように頭を振った。よほど腹が立っているのだろう。

「急ぎの用ってなんだ。五分で一発はさすがの俺でもきついぞ」

いつもの調子で混ぜ返すと、睨み返される。

「うるさいよ。この前、あれだけやってりゃ、しばらく文句ないだろ」

「おまえはそうでも、俺は違う。濃厚すぎて、思い出すと欲情する……」

「あっさりしててもするんだから、一緒……ってのはどうでもよくて」

周平のペースに乗せられたと気づいた佐和紀が地団駄を踏む。

「光の父親を拉致った先から、俺への呼び出しがあった」

「敵が多いな、おまえは」

宮原のことは聞いている。光に金目のものを盗ませるのは無理だと判断したのだろう。本来の目的が佐和紀なら、遅かれ早かれ展開は同じだ。

「金回りがよくなったせいだ」

「俺のせいか」

思わぬことを言われ、つい笑ってしまう。

確かに、揺さぶっても小銭しか出なかった頃とは違っている。

「しかたがないって思ってるよ。おまえと添うってことは、こういうことなんだろ……」

「おまえが力をつける、ってことがだ。真実を曲げるな」

「周平」

本題に入ろうとする佐和紀の声が硬くなる。根が不真面目な周平は不謹慎に欲情を覚えた。言い出せば目くじらを立てて怒られるだろうが、同じ真剣さでベッドに誘われたい。そういう欲望だ。

「うん？」

本心を隠しながらシャツの袖を引き上げ、タバコに火をつける。二人きりの応接室に緊張が走り、周平はあえて視線を伏せた。

「行ってきていい？　売られたケンカを見すごせない」

佐和紀の声が、降るように聞こえる。

「ダメだと言えば、おとなしく俺に任せるか」

「それも、考えた……」

「考えたのか。えらいな」

「褒めるな。バカ」

嬉《うれ》しそうにはにかんだ佐和紀は、

「でも、やっぱり無理だ」

ぐっとくちびるを引き結んでから、力強い口調で言った。

「結婚しても、誰の嫁になっても、俺は俺だ。それをこの町のチンピラには思い知らせておかなきゃ、表を歩けなくなる」

怯《ひる》めば、あの長屋が弱点になると思われるのだ。叩くべきときには完膚なきまでにやる。それもセオリーだ。

「俺の寝床で、何も考えず待っていればいいのに」

「……思ってもいないくせに」

近づいてきた佐和紀が、身をかがめた。指のタバコが佐和紀の指に渡る。それを吸いながら、ベストの肩部分に手を置いてくる。そのまま横向きに膝へ乗られ、煙を口移しにされる。

自分の教えてきた行為のいやらしさに、悪い気はしなかった。

「顔に傷がつくと、残念だな」

袖の中へと手を入れ、腕の肌触りを確かめる。もう片方の手でほとんど髭《ひげ》の生えない頬をさすった。

「負けて帰ってこなきゃ、なんだっていいだろ」

佐和紀は猫のように頭を傾け、伏せた目でちらりと見てきた。

「負けたときは泣きついてこい。どうとでもしてやる」

「俺をなだめてくれれば、それでいいんだ」

潤んで見える佐和紀の瞳を待たせ、周平は指から抜き取ったタバコを消す。待ちきれずに追ってくるくちびるが周平の肌をかすめ、横抱きにしたままキスをした。

首筋を指の腹で撫で下ろし、ギンガムチェックをなぞりながら胸まで下ろす。これから、というところで指が止められた。

「時間がないって言っただろ」

「生殺しだ」

ぼやいたくちびるに、短いキスが与えられる。

「ごめん」

申し訳なさそうなささやきが、耳へまとわりつく。

行ってきます。帰ってくるよ。と、それだけを言いに来た佐和紀の律儀さが愛《いと》しい。そんなことをされたら、行くな、とは言えなくなる。男の意地だ。

「周平。お願いがある……。相手を仕留めたらな……」

膝の上に乗った佐和紀の足が、草履を揺らす。

肩をすくめるように笑うあどけなさに、周平は息を呑んだ。

昨日、親を思い出そうとして混乱したことも、光と揉めたことも、佐和紀はすっかり忘れている。頭の中はすでに、目の前のケンカに勝つことだけでいっぱいだ。

どんな憂いも、佐和紀を縛ることはできない。

その単純さがたまらなく魅力的に思え、周平は遠慮なくかき抱いた。すぐにでも飛び出そうとしている身体は熱く、独占できるわずかな時間を無駄にしたくなかった。


車に乗り込む意気揚々とした後ろ姿を、応接室の窓から見送る。

茶色の髪がふわふわと揺れて消えたときから、周平は落ち着きなく片足で床を鳴らした。

苛立ちとも不安ともつかない感情を持て余し、甦るくちびるの感触さえ疎ましく思う。

早速、周平は電話をかけた。佐和紀からの頼まれごとを済ますためだ。

内容は、新井と宮原の回収だった。警察でもヤクザでも、なんでもいいから、周平の都合のいいところへ収めてくれと言われたのだ。

話がまとまったところで、送りに出ていた岡村が戻ってくる。

「宮原と新井の身柄は、河喜田《かわきだ》に任せた」

そう言うと、驚いたように目を丸くした。

「直接、連絡されたんですか」

「まさか。裏からだ。間に合うように動くだろう。……この後の予定は」

「すでにキャンセルしてあります。新井の事務所まで車を出しますので」

命じるまでもない手回しの良さに、喉元まで上がってきた嫌味は飲み込んだ。舎弟としては満点だ。なのに、いちいちが癪《しゃく》に障る。

誰のための気遣いなのかを、うまく隠した気でいる岡村がこざかしい。

「どうして、一人で行かせたんですか」

「一人じゃないだろう。能見を誘うんだろう？　……行かせない方がよかったのか」

「いえ……。すみません」

岡村はうなだれるように頭を下げた。周平が引き留めるか、あるいは、大勢の助っ人をつけると期待していたのだ。

「おまえだって知ってるだろう？　俺と一緒になってからも、あいつは暴れ放題だ。言って聞くような男じゃない。縄をかければ余計に逃げたくなる。だから、俺は、あいつにできないことでフォローしてやるだけだ」

「こうなる前に、なんとかできればよかったんですが」

「無理だ。光をエサにしたのは佐和紀だ。こうなることが、あいつの希望する形だ」

周平はばっさりと言い捨てた。

「わかってますけど……。もし、ケガでもしたら」

「本人も限度はわかってる」

「……本当ですか」

真剣に聞き返され、周平は黙る。二人の間に沈黙が広がり、どちらからともなく顔を歪めた。交わした視線は苦々しい。

「宮原と新井の後始末は、俺に任せるって言ってきた。あれは、おまえの入れ知恵か？」

「いえ、俺は、アニキへの連絡を頼まれただけです。佐和紀さんから言い出したんですか」

「行ってきていいかと聞かれて、まだ誰かの采配《さいはい》に従って動きたいのかと思ったんだけどな。違ったよ。仕留めた後は、俺の都合のいい処理をしろ、だと」

「あれですか……。猫が仕留めた獲物を持って帰ってくるような」

岡村の言葉に、周平は思わず笑う。あぁ、と小さくうなずいた。

「俺は褒めるべきなのか？」

「聞かれても困ります。ただ、褒めると繰り返しますね。猫は」

「あいつは狂犬だろう」

「……よくよく言い聞かせてください」

「そういう躾《しつけ》はされてない男だ。松浦組長に文句を言え」

笑った先から不安しかない。

「終わった後で考えるしかないな。ケガをするようなことがあれば、次は気をつけるように話をしておく。……なぁ、シン」

さりげない呼びかけに、利口な舎弟は「なんでしょうか」と素直に答える。周平はにやりと笑いかけた。

「祭りの後はヤリたくなるよな？」

「はい？」

「シャワーを浴びてから、迎えに行くか」

「必要ですか？　そんなすぐにするわけじゃないでしょう。だいたい、ケガをしていたら、まず病院です。そうなれば、そんな」

ハッとしたように言葉が止まる。眼鏡を指で押し上げた周平はニヤニヤと笑いながら、必死になっている岡村を見た。

「おまえ、あいつのどこにキスした？」

「し、て……ません」

言葉が喉に詰まったのか、岡村は咳《せ》き込んだ。

怪しいなと思いながら、周平は意地悪く笑う。本当か嘘か。見極めるのは意外に簡単だ。もししていたら、岡村は絶対に佐和紀をかばう。それならば、こんな動揺なんて見せるはずがない。キスもさせず、佐和紀はどうやって岡村を落としたのか。想像が難しい。

「それでよく、俺の後継者とか言われてるな」

肩を揺らしてからかうと、

「精進します」

岡村は頭を下げて表情を隠した。聞いたところで、二人の秘密を話しはしないだろう。

＊＊＊

不穏な色の雨雲が空に広がり、濡《ぬ》れたコンクリートから淀んだ雨の匂いがする。草履の裏が砂利を踏み、硬い音が鳴る。

石垣が運転する車は遠野組のシマに入り、海沿いの街で停まった。宮原の事務所を通り越したことになるが、まずは能見のピックアップだ。

石垣を車に残し、佐和紀は三井を伴って車を降りる。

「なんで、アニキは止めてくれないんだろう……。ほんと、止めて欲しい」

ぶつぶつと繰り返した三井は、携帯電話の画面に出した地図と周囲の建物を照らし合わせ、古ぼけた看板の前で立ち止まった。

さびれた雰囲気が妙に懐かしいカラオケスナックだ。

『喫茶店営業中』の札が下がったガラス扉を引き、三井が中を覗き込む。そのまま、狭い店内にへ入った。

店も年代物だが、酒焼けした声の『ママ』も年季が入っている。薄いつもりの化粧に、爽《さわ》やかさは微塵《みじん》もなかった。

「おまえら、誰だ」

三井に気づいた男が、手前の席でゆらりと立ち上がる。

「もう、やめなさいよ。そんなんだから昼はお客が来ないのよ」

かすれた猫撫で声は物憂げだ。男と三井は睨み合う。これはもうヤクザ舎弟の習性だから放っておくしかない。

三井の肩越しに、スポーツ新聞を読んでいる若い男が見えた。首は太く鍛えられ、肉体美がはっきりとわかる長袖のTシャツを着ている。

こちらに気がつくと、おおげさに驚いて腰を浮かした。異種格闘技のファイターだった能見は、長身で手足が長い。賭博《とばく》で追放になってからも鍛え続けている身体は、実戦用のしなやかな筋肉がついていた。

新聞を折りたたもうとしてうまくいかず、ガシャガシャと騒がしい音を鳴らす。

佐和紀は何も言わずに近づき、目の前の椅子にどさりと座った。

「よくここがわかったな」

しわくちゃになった新聞を隣に置き、いつも能天気な能見は次の言葉を探して笑う。挨拶代わりに卑猥なことを言うか。それとも真っ当なことを言うか。それを悩んでいるのだ。

「デート、しようか。能見」

佐和紀は隙をついて、するりと言った。

「え？　え？」

意表を突かれた能見が激しく取り乱す。

「デートじゃないっすから！　騙《だま》されんなーッ！」

能見の舎弟と睨み合っていた三井が叫ぶと、能見はがっくりと肩を落とした。

「違うのか」

「一緒に出かけるから、似たようなものだろう。時間がないから、今すぐ。詳しい話は車ですから」

腕を摑んで、立ち上がらせる。

「いきなり来て、それかよ。奥さん。チェックの着物、かわいいな」

「ありがとう。旦那も好きな柄だ。さ、行くぞ」

「いやいやいや、待て。もう少し、なんかないのか」

どんな反応を期待しているのか。聞くのも面倒だから無視する。

「タカシ、ここの支払いしとけ」

「わかりました。すみません、おいくらですか?」

カウンターへ近づいていく三井から、能見へと視線を戻す。腕は摑んだままだ。

「暇だっただろ、能見。俺と遊ぼうぜ」

「ケンカか……」

「そっ。お付き合い、よろしく」

「高くつくぞー。俺の雇い賃は」

とりあえずおもしろがることにしたらしい能見に手首を摑み返され、

「働きを見てからだな」

さっさと振りほどいた。筋力の差はあるものの、本気で戦えば佐和紀と能見は互角だ。

三井が財布をポケットに片付けながら戻ってくる。

「そんな軽い話じゃねぇだろ。……不安だなぁ。はいはい、行きましょう。能見さん、お願いします」

「奥さん、静かに怒ってるな」

「そういうわけなんで、申し訳ないですけど付き合ってください」

「どっかの組をつぶすつもりとか？」

「そういうんじゃないッスよ……。やめてください。悪い夢みたいなこと言うの。縁起でもないんで」

「あいっかわらず、タカシくんは楽しく仕事やってんだなー」

のんきな能見が豪快に笑う。佐和紀は先に外へ出た。

ケンカをするとき、誰かを誘って出かけたことはほとんどない。友達と呼べる相手がいなかっただけじゃなく、足手まといはいらないと思ってきたからだ。

石垣が待つ車に戻って後部座席に乗り込むと、能見が指の関節を鳴らしながら事の成り行きを聞いてきた。

説明は三井がする。一通り聞くと、また笑った。

「さっさと助けに行ってやれよ」

視線を向けられ、佐和紀はしらっと視線をそらす。

「一人で助けに行って、ケガでもされたら困るだろ。ここは確実に」

「あぁ、俺とタカシくんは救出班か。わかった、わかった」

本当にわかっているのか怪しい口調だが、腕っぷしに関しては信用できる男だ。

佐和紀は大きく息を吸い込み、はやる気持ちをもう一度落ち着けた。焦れば負ける。どんな人数を相手にしても、冷静でいられたなら勝ちパターンへ持ち込める。

「誰かと共闘するのは久しぶりだ。俺に、作戦がある」

くちびるの片端を上げて微笑《ほほえ》む佐和紀を、助手席の三井が振り返った。

「難しい言葉、知ってんだな」

「ん？　そう？」

自分の言葉のどこを指しているのか、佐和紀にはわからない。

「それはどうでもいいから、着く前に聞かせろ」

完全におもしろがっている能見に急《せ》かされる。車はまっすぐに目的地へ向かっていた。


そこは、繁華街のはずれにある、どこかで見たような、どこにでもあるような、ありきたりなペンシルビルだった。

薄暗い階段へ続くガラス戸は、常に半開きになっている。閉まりきらないのだ。

和服のままで底の硬い運動靴に履き替えた佐和紀は、三階を見上げた。窓にはカーテンがかかっている。

車に積まれた金属バットをあえて断り、肩をぐるぐると回す。

得物を持たないのは、人質がいる上に、味方までいるからだ。

その誰のことも殴りたくない。久しぶりの乱闘で得物を持てば当然、歯止めは利かなくなる。だから、能見を呼んだのだ。仕留め損ねて背中を狙われる心配はない。

「行きたくねぇな。めんどくせぇ」

隣でビルを見上げる三井が、ポケットに手を突っ込んだ。

大滝組では暴力行動担当の一人だが、それは若い衆のケジメのために限られている。第一、大滝組の構成員がカチコミをかける事態になれば、関東全域の大問題だ。大組織の人間は意外に躾が行き届いている。

「気をつけて行ってきてください」

車で待つことになっている連絡係の石垣から深刻な顔で言われ、佐和紀はその眉間《みけん》を指で押した。

「心配するな。二人もついてりゃ問題ない」

「そうそう。心配するなら、あっちにしてやれよ」

佐和紀の肩に手を置いた三井が、ビルの三階を指さしながら軽口を叩く。

「何人いるかもわからないのに……。やばいと思ったら、引きずってでも戻ってこいよ」

「そりゃ、無茶だわ。タモッちゃん……」

心配性が加速している石垣の言葉に、三井はがっくりとうなだれる。

「あれは過保護の域だな」

エレベーターのない古いビルの階段を上っていく途中で、能見が三井を振り返った。佐和紀は一番最後だ。

「早くハゲればいいと思うんスけどね」

三井が言うと、能見が答えた。

「あの髪質はハゲないよ。ハゲるのは、どっちかって言うと……」

「俺を見ないでください」

緊張感のない二人だ。ケラケラッと笑い合い、足取り軽く三階を目指す。古いビルの階段は、一段一段が高く、見た目よりも急なつくりだ。

「もうひとつ上の階だったら死んでた」

肩で息を繰り返す三井は、古ぼけたドアを力任せに叩いた。

細く開いた隙間からあばた顔の男が顔を出す。

「手紙をもらったんで来たんだけど」

「新条はどうした？　一人で来いって書いてあるだろ」

「書いてあっただけだろ」

三井は男を押しのけてドアを開く。その肩越しに中が見えた。

狭い部屋には、スチールのテーブルが向かい合わせに置かれ、奥には応接セットと社長デスク。どこにでもあるオフィスの設《しつら》えに違和感を与えているのは、社長デスクのそばにうずくまる親子だった。

光と繁は、縛られたままで肩を寄せ合い、膝を立てて座っていた。

応接セットを陣取る二人の他に、若いチンピラが六人。この規模のビルではひしめき合っている方だ。

「字も読めねぇのか」

耳触りの悪い声が響き、応接セットのソファーから男が立ち上がる。それが宮原だと、佐和紀はすぐに思い出した。

無駄に鍛えたバランスの悪い身体。細い眉。腫れぼったい一重まぶた。どれを取ってもガラが悪い。

「ムショも追い出されたのか」

質問には答えず、嘲笑《ちょうしょう》を返す。

たわいもない男だ。腕力にものを言わせて無銭飲食を繰り返し、警察に訴えた店には報復で火をつける。そんな身勝手な悪行の最中《さなか》に、佐和紀はたまたま居合わせた。

食事中に耳障りな恐喝を聞かされ、腹立ちまぎれにノシてやっただけだ。恨んでいるとすれば、実刑を食らう引き金になったことよりも、仲間の前でみっともなくコテンパンにやられたことに対してだろう。

「下手な真似をしてみろ。二人とも痛めつけるぞ」

ソファーから、もう一人の男が立ち上がる。闇金の新井だ。

若作りして二十代に見せているが、実年齢は三十代後半だろう。ひょろっとしているが、背丈は低く、パーマでうねった髪がべったりしている。およそケンカには不向きなタイプだ。その代わりに、自分は頭が切れると思い込んでいる。不遜《ふそん》な目は粘着質で、むしずが走った。

新井が、繁の肩に足を置く。目の上はすでに腫れあがり、シャツには血がついている。その向こうで息をひそめる光の目が、佐和紀を不安そうに見ていた。

盗みを働こうとした昨日の今日で、自分が助けてもらえるとは思えないのだろう。佐和紀はにこりともせずに、あごをしゃくってみせた。

光はますます不安そうに顔を歪めたが、気にせず新井を見据える。

「したきゃすればいい。……すぐにそうしなかったのは、どうしてだ」

卑屈に笑った新井は、これ見よがしに繁の肩で靴裏を拭く。

「おまえの旦那が金を持ってるからだよ。泣きついても金が出てこねぇなら、金目のものを盗ってこいって言ったのに、使えねぇガキだ」

目立った傷はないが、光の両頬も赤く腫れている。

自分が手をあげた痕じゃないことは一目でわかり、佐和紀はぐらぐらと煮え立つ怒りを感じた。胃の奥が熱くなり、身体中に血が回る。

誰かを助け出すために暴れたことはない。その事実が、ここにきてピリピリと佐和紀を戸惑わせる。

もしキレたとしても、三井と能見が止めてくれるだろうと、それだけをよりどころに奥歯を噛んだ。

「繁さん。久しぶりだね」

息を吐きながら、光の父親へ目を向ける。

「うちのオヤジも、借金はほどほどにしろって言ってただろ。ったく。殴られ慣れてる場合じゃないよ」

「す、すまん……」

子どもまで巻き込んで、相当の後悔をしているのだろう。目元は真っ赤に腫れ、くちびるは震え続けて止まらない。悲痛な表情から顔を背け、佐和紀は肩の力を抜いた。

「まぁ、この話は、後で。……宮原。おまえの用はなんだ。もう一度、俺に半殺しにされたいなら真正面から来いよ。それとも、誰かに頼まれたか」

「色事師の嫁になったらしいな」

目の前で立ち止まった宮原は、パンツのポケットに手を突っ込んで嫌味な笑みを浮かべた。佐和紀はゆっくりとあごをそらし、相手を見くだすように目を細める。

「……おまえみたいに、顔も頭も悪いんじゃ、ムショ帰りはさぞかし辛いだろうな。せめて顔がよければ、幹部の嫁になれたかもしれないのにな」

「そうとうエグイ男だって噂じゃねぇか。それを聞いたら、無性におまえと二人きりになりたくなった」

「変態だな。こんなに男を揃えて、俺をどうするつもりだったんだ」

「おまえの想像通りだよ」

宮原は自分のくちびるをべろべろと舐め回し、あからさまな視線で佐和紀を見た。

「男も悪くはないよな。味ならムショで覚えてきたぜ。泣いてよがったもんだ」

「……痛がってんだよ」

「痛いのは嫌いか。新条」

旧姓で呼ばれると、ふっと気分が遠くなる。過去が身に添うように戻ってきたが、その頃の気持ちにはならなかった。今はもう『新条』ではないのだと実感すると、やけに胸の奥の風通しがよくなった。

同時に、弾けかけていた理性も戻ってくる。苛立ちが凪《な》いで、ここにはいない男の気配を感じた。周平の存在は大きい。離れていても心強いのは、恥ずかしくない結果を持って帰りたいと思うからだ。

最小限のケガと、無傷の人質。それから、宮原たちをうっかり殺さないこと。

これまでは松浦組長の言葉が佐和紀のストッパーだった。それが周平の存在に変わった今は、あの頃以上に褒められたいと思っている。

佐和紀の冷静さが気に食わないのか、宮原はせわしなく床を踏み鳴らした。

「おまえの泣いた顔が見てぇよ。……俺には、ヤクザとのしがらみなんかねぇからよぉ。おまえのケツにぶちこんで、その足で街を出るだけだ。イイ声を聞かせりゃ、連れていってやってもいい」

「勝算なんてどこにある」

佐和紀があざ笑うと、

「数を見ればわかるだろ」

宮原は、なおも自信ありげに胸をそらす。バカが一匹。と、声には出さずにつぶやいた。

「言っとくけど、俺はもう、『新条』だった頃とは違う」

「そうだろうな。着物なんか着せられて、かわいがられてるんだろ？　似合ってんじゃねぇか。こんなにいやらしかったとはなぁ。……旦那の名前を泣き叫ぶまで、俺が揺すってやるよ」

いきなり甲高い悲鳴があがった。新井に指をひねられた光が、痛みと恐怖に身をよじらせながら泣く。

「あぁいう声をお前が出せよ」

宮原が浮かべる暗い笑みを、佐和紀は心から蔑《さげす》んだ。

「……子どもを痛めつけてどうする」

「その子どもをヤッてもいいんだ」

「だから、その変態が行きすぎて実刑だったんじゃねぇのかよ」

「脱げよ。脱いで、男に撫で回されてるいやらしい『女』の身体を見せろ」

宮原の目がぎらぎらと光った。くちびるの端に泡を見せながら、想像だけで興奮している。反吐《へど》が出るほどゲスい男だ。

「ふざけんなっ！」

宮原の仲間に囲まれた三井が叫ぶ。

揉み合いになり、鈍い音が響く。三井が殴られても、能見はまだ動かずにいた。足元をふらつかせた三井を支え、かばうように前へ出る。

肩越しに見た佐和紀は、角帯に手を添えた。

「おまえら、目を閉じてろ」

光と繁へ声をかける。素直な親子はぎゅっと目を閉じた。

見られて困る裸でもない。それでも、長屋の住人には知られたくない気持ちがあった。

あの頃の自分は純情だったからだ。

処女で童貞で、肉欲は他の欲求の下位にあると信じて疑わなかった。幼かったのだ。年齢を無駄に重ねただけの、何も知らないガキだった。

着物を襦袢ごと肩からずらした。

下に着ているのは、黒いTシャツと同色のボクサーパンツだ。生脚があらわになり、着物で包み隠す生活に慣れた佐和紀は、なおのこと心細さを覚えた。

人前に肌を晒《さら》す恥ずかしさを、赤い果実のせいだと周平は言った。それが何のことかはわからない。ただ知っているのは、そんなことを話す男の声が誰よりもいやらしく、そして官能的だということだけだ。

佐和紀の内ももに残された鬱血の痕に、宮原が生唾《なまつば》を飲む。

その一瞬の隙をついて、佐和紀は機敏に跳んだ。

手近なテーブルに駆け上がり、間髪を入れずに宮原の胸へと跳び蹴《げ》りを食らわせる。醜く太った身体は、おもしろいほどあっけなく転がり、ゴムボールのように弾んだ。

それを合図にして、能見も動いた。遠慮なく拳を打ち込み、払いをかける。

三井は繁たち親子へ駆け寄り、安全な場所へと二人を押し込んだ。男たちの怒号と殴り合う音が入り乱れ、狭い部屋は一気に格闘技場へと様変わりする。

「奥さんっ」

相手を殴りながら近づいてきた能見が、奪った金属バットを差し出してくる。いらないと言う暇はなかった。見れば条件反射で手が伸びる。握った瞬間、慣れた重みが血を沸かせた。

「持たせるな！　姐さんっ！」

気づいた三井が悲鳴をあげる。

狭い部屋に阿鼻叫喚《あびきょうかん》が巻き起こり、モノの壊れる音が激しく響く。能見が「悪かった」と叫んだが、もう遅い。三井と能見はそのまま物陰へ隠れる。

動くものが何もなくなるまで暴れた佐和紀は、金属バットを投げ捨て、両膝へと手をついた。息が上がっている理由は、疲ればかりじゃない。高揚感がとめどなく湧《わ》き起こり、頭の中が恐ろしいほどクリアになる。

倒れ込む宮原の胸ぐらを掴み、顔面を二発殴った。

三井が姿勢を低くしたまま親子に近づき、拘束を解く。

「すげぇ……。奥さん、マジでこわいな」

立ち上がれないほど痛めつけられている男たちを眺めた能見は、信じられないものを見たように目をしばたたかせた。新井を見つけ、後ろ手に縛る。

佐和紀は宮原の胸ぐらを離し、腹の上に足を踏み下ろした。蛙《かえる》のような声を聞かされるだけで苛立ちが募り、かかとをめり込ませる。

ハイになりかかっている自覚を持って、佐和紀は手のひらを眺めた。汗で濡れた髪を掻き上げ、そのままあごを拭う。

「宮原、それから闇金の兄ちゃん。他にも耳が聞こえてるなら聞いとけ。嫁入りしたからって、『狂犬』の牙を抜かれたわけじゃねぇんだよ。俺にケンカを売るってことは、俺の旦那に泥ダンゴぶつけるってことだ。そんなことされて、俺は黙ってねぇぞ。周りにもよく言っとけ」

もう一発入れてやろうかと足を引き上げたが、急に面倒臭くなってやめた。

床に落ちている着物と襦袢を拾う。ホコリを振るい落とし、まとめて袖を通した。帯を適当に巻く。

「行くぞ」

佐和紀の声を合図に、三井が宮原、能見が新井を引き連れて部屋を出る。佐和紀の後ろからは、呆然《ぼうぜん》としたままの親子が肩を寄せ合ってついてきた。

ビルの外へ出ると、右往左往と歩き回っていた石垣が、転げるように駆けつける。佐和紀の前で足を止めるなり、

「顔！」

と叫んだ。

まずそこかと睨んだが、石垣は真っ青になったまま気づきもしない。

顔を殴られたと言っても、ちょっとくちびるの端が切れただけだ。血の味もそれほどしない。ケンカをして無傷でいられるのは、相手の人数が少ないときに限るものだ、と説明したところで、石垣にはわからないだろう。

「来てるか」

「そこに」

顔が、顔がと繰り返しながらも、石垣は振り返って腕を上げた。指先をたどると、パリッとした三つ揃えの男が動いた。華奢《きゃしゃ》な身体つきをした優男だ。黒々とした髪も、一糸乱れずセットされている。

「生活安全部生活保安課の刑事です」

男が近づいてくる前に石垣から耳打ちされる。

「紹介は済んだか？　河喜田だ。よろしく」

友好的な態度ではなかったが、気にせず、あごをしゃくってみせた。新井と宮原を示す。

「叩かなくてもホコリしか出ない。好きなようにしてくれ」

佐和紀が言うと、河喜田は身をかがめ、今にも倒れそうな男二人を交互に見た。

「こっちが闇金？　こっちは？」

「ムショ帰りのチンピラ」

「もらっておくか」

そう言って、自分の乗ってきた車の方へ手をあげた。部下らしき男が二人出てきて、宮原と新井を引き取る。踵を返したかと思うと、機敏な動きで車へ戻っていく。

「あんたが岩下の嫁か……」

部下の動きを眺めていた河喜田がふいに振り返った。

「あの男も妙なのを選ぶな。顔……？ それとも、身体か」

人を食ったような顔つきをした河喜田が、腕組みをしながら胸を張る。

光たち親子が車に乗るのを見ていた佐和紀は、仕事を終えた三井と能見が取り出しているタバコがうらやましくて、河喜田の言葉は聞く気もなかった。

「男もあそこまでいくと、暴れ馬の調教を始めたくなるのかもな。それにしたって……どういう手を使えば、あいつを縛りつけておけるんだ。一人で相手するには、底なしの性欲だろう？」

笑顔に性的な匂いを感じ、佐和紀は意外に思った。河喜田をまじまじと見る。

周平の愛人だったという男や女は、何人も見た。河喜田もそうなのだとしたら、かなり特殊なタイプに入る。顔はそれなりに整っているが、年齢は周平と同じぐらいだろう。何よりも、河喜田は警察の人間だ。

「簡単だよ。……好きだ。俺を見て。もう一回。繰り返してれば、話は通じる。それがダメだったんなら、何をしてたって、そんなのはセックスじゃない」

佐和紀の隣で成り行きを見守っていた石垣が、しばらくポカンとした表情になった後で車に手をついた。うつむいたかと思うと、肩を揺らし始める。笑いをこらえているのだ。

咳払《せきばら》いをした河喜田は硬い表情になり、こめかみをぴくりと引きつらせる。

無言のまま、佐和紀と河喜田は視線を交わした。

そこへ、見知った車が到着する。

運転席から降りてきた岡村は、佐和紀の顔を見るなり眉をひそめた。石垣のように慌てふためかないだけマシな態度だ。

「ケガをしてますね」

「かすり傷だ」

「補佐がお迎えに」

「わかってる。約束なんだ」

佐和紀は石垣を振り返り、

「俺は周平への埋め合わせがある」

そう声をかけた。河喜田と挨拶をかわす岡村を横目に、その場を離れ、まずは繁と光が乗っている車へと足を向けた。

「タカシ、俺にもタバコだ」

言いながらドアを開く。中に乗っている繁は、抱きしめていた光を放し、這い出すように車を降りてくる。何度も頭を下げられたが、良いも悪いも言えない。しばらく待ってから肩を叩いた。

「繁さん。闇金が買い取った債権は、俺の旦那の知り合いが買い戻した。これからはそっちに返せばいい」

これも周平に頼んだ。棒引きにすることもたやすいが、ふわふわと落ち着かない人間には、重めの負荷をかけておいた方がいいと助言されて従った。

ギャンブル依存症も借金癖も、手痛い仕置きに意味はない。だから、また繰り返してしまう。日々の中で、少しずつ変わっていくよりほかにない。

「里美さんから、頼むって言われたんだよ。いつもおかずを分けてくれてたし、見捨てるわけにはいかないだろう。里美さん、出てったわけじゃないんだろ」

「体調を崩したから、田舎に帰したんだ」

「声は元気そうだった」

「……そうか。よかった」

目に浮かんできた涙を拭う繁の背中から、光が顔を出した。

「佐和紀さん」

「殴られたんだな。痛いか」

手を差し伸べると、おずおずと頬を預けてきた。まだ淀んでいない瞳がまっすぐに見つめてくる。佐和紀に対してぶつけた言葉は今もその胸の内にあるのだろう。

　それでも信頼を向けられ、佐和紀はそっと頰を撫でてやった。

「指の方が痛かった。折れるかと思った」

　顔を歪め、涙をぽろぽろとこぼす。佐和紀は笑い返した。

「折れたって、くっつけば元に戻る。曲がったまんまでも生きてはいける」

「……なんで、ヤクザになったの」

　子どもらしいストレートさを、佐和紀は笑わずに受け止めた。

「俺が見つけた道はこれだったんだ。良いのか、悪いのか、よくわからなかったけど、これしかなかった。でも、おまえには利口な頭がついてるだろ。俺より、繁さんより、いい道が見つかる。……ヤクザなんてな、そのまま嫌っていてくれ。俺だけは特別なんてのもいらない。俺もヤクザだ」

「だから、男同士で結婚したの」

「……いや、それは違うんだけど。まぁ、それもあるかな」

　質問がそこへ戻るとは思わなかった。

　子どものまっすぐな目に真意を問われ、しどろもどろになってしまう佐和紀は、笑いをこらえている繁の腹へ軽く拳を当てた。

　容赦なく睨みつけたが、そこで笑える繁には、男と結婚した佐和紀の気持ちがわかるのだと気づいた。

光も、大人になればきっと。誰かを愛したときに、きっと。わかる日が来るのだろう。誰かを心の中に住まわせるという幸福にだけは、カタギもヤクザも関係ない。

「お日様がたくさん当たる道を探せよ。おまえなら見つけられる」

「佐和紀さん。佐和紀さんだって。もっと、別の」

必死に訴えてくる光に向って首を振った。

「そうだな。もう少し若ければそれもよかっただろうな。でも、もう無理。結婚したからじゃない。俺はこうやって生きるのが一番気持ちがいいんだ。そっちより、こっちがいい」

「理解できない」

「できない方が、正解だ」

頭に手を置いて、ぐりぐりと撫でる。

それから、手伝いに駆り出した能見に「礼は日を改めて」と約束して、周平の待つ車へ向かう。

いつのまにか、岡村が斜め後ろに従っていた。

「何かされたんですか」

低い声で聞かれ、自分の身なりを見直す。着物はあちこち汚れ、着付けもめちゃくちゃになっている。

「着物で立ち回れるか。脱いだんだよ」

笑って答えると、岡村はあからさまなほど悲痛な表情になった。

「本当に好きなんですね、暴れるのが」

「悪く言うな。これが俺の仕事だ」

「そんなもの、仕事でもなんでもありません。顔はやめてくださいよ……。痛々しくて、見てられません」

「じゃあ、俺の顔なんて見るな」

車までたどり着き、話はそこまでになった。岡村が開けるドアを見て、周平も同じことを言うのだろうかと思う。

佐和紀はほんの少しだけ、車に乗り込むのをためらった。


山の手にある高級マンションは、周平の秘密基地だ。

いつ訪れても雑然としたリビングは、男の隠れ家と呼ぶにふさわしい。本と書類で雑然とし、酒瓶とグラスが飲みっぱなしのまま置かれている。

岡村に送り届けられ、周平と二人で部屋に入った佐和紀は、キスもそこそこにして風呂《ふろ》場へ逃げ込んだ。

汗ばんだ身体にシャワーをかけ、周平の香水と同じ匂いのするソープを使う。浴室全体が香りに包まれ、佐和紀は重だるい息をついて二の腕を押さえた。

角材で殴られた場所だ。鈍い痛みはあるが、骨に異常はない。打ち身はいくつかあり、これを周平に知られるのかと思うと物憂い気持ちになる。

勝った負けたの問題じゃないと、戻ってきてからわかった。

車に乗って顔を合わせたとき、周平は驚きも落胆もしていなかった。ただ佐和紀のくちびるの端を撫でただけだ。そして、ここへ着くまでずっと、弱くもなく強くもない力加減で手を握られていた。

石垣や岡村がどんな反応をしても、これは勲章だと胸を張れたのに、周平に手を握られて初めて気持ちが萎《な》えた。

薄いタオル地のローブに袖を通し、湿った髪のままリビングへ戻る。周平の姿はそこになく、寝室を覗いて名前を呼んだ。

リビングとは違い、味気ないほど無機質な部屋だ。酒を飲んだ後のグラス以外は何も置かれていない。その部屋のほぼ中央に置かれたベッドの上で、周平は薄い雑誌を閉じた。

「来いよ」

眼鏡をはずし、片手を伸ばす。ジャケットもベストもすでに脱いでいる。ボタンをはずしたシャツの胸元から素肌が見え、やけにいやらしい。

周平はそういう男だ。何食わぬ顔で、ベルトを締め直すだけでも卑猥になる。

「すぐ、それ？　身体が痛い。殴られたから」

ドアのそばから動かずにいると、周平の方から近づいてきた。

ローブの紐《ひも》を引っ張られて、合わせを開かれる。下着さえつけていない身体が晒され、佐和紀は視線をそらした。

落ち着かないのは、裸を見られているからだけじゃない。

「赤くなってるな」

周平の視線が肌を追う。角材を受けた場所だ。

「明日はあざになる」

佐和紀は素直に答えた。周平の指に脇腹を撫でられ、とっさに押さえる。肌にぞわりとさざ波が立つ。

「痛いから触るな。打ち身なんだよ」

身をよじらせると、逞《たくま》しい腕がローブの内側へ入った。腰を抱かれ、下くちびるを吸われる。

「殴られないで帰ってくると思ってた」

周平の声が耳元で聞こえ、じくっとした淫心が芽生えた。

「そんなわけないだろう。勝つためには……、んっ、周平っ……」

頬と頬が触れ合い、くちびるが耳たぶをくすぐる。

「ケンカ屋だな」

ひそやかな笑い声が肌をなぶるのと同時に、手が腰から下がる。遠慮なく尻《しり》を摑まれ、

「身体が痛いんだ、って……」

胸を押し返した。

「優しくするよ」

言葉だけの提案が佐和紀を笑わせる。首筋を指で包まれ、綿雪のようなキスがこめかみや額に降る。

「おまえの優しいなんて嘘だ。単にしつこくなるだけで、さ」

周平の表情を覗き込んだ佐和紀は、自分の中の認められたいと願う欲求の熱さに気づいた。思わず顔をそむけると、追ってきたくちびるに口元の小さな傷を舐められる。

逃げられないように首筋を支えた周平が顔色をうかがってくる。自分がしたように顔を覗き込まれ、額がぶつかり、鼻先がこすれる。

甘い吐息が肌をかすめ、佐和紀の息がうわずる。

暴れ回ってきた興奮の残り火がくすぶり、ふつふつと湧く高揚感に奥歯を嚙んだ。

周平の片手に臀部《でんぶ》を揉みしだかれ、スリットの間を何度もなぞられる。骨ばった男の手

の感触は佐和紀の胸を騒がせ、同時に苦い後悔を引きずり出した。

両手で周平のシャツを摑み、肩からずらす。彫り込まれた地紋を指で確かめ、どぎつい青の鮮やかさに目を細める。

「しつこい方が好きなくせに。もう、硬くなってきてるだろ?」

そう言いながら、周平の足に膝を割られた。佐和紀の下腹部とスラックスの布地がこすれ合う。

「周平……っ」

汚れるのも気にしない卑猥さに、ずくっと腰が痺れる。首筋を見つめ、佐和紀はくちびるを嚙んだ。

生まれた痺れが拡散して、淡い快楽になる。

佐和紀の奥深くにまで入った周平は、いつも息を乱しながら滴るほどの汗をかく。そのとき、首筋から匂う雄の気配を思い出し、佐和紀は隠せない興奮に身を震わせた。下半身が熱を帯び、先端が濡れる。

「だから……っ」

思わず逃げると、さらに追い込まれる。ドアのそばから寝室の壁へと場所が移った。

「お願いを聞いた俺に付き合うのが、条件だったはずだろう?」

「今日でなくてもいいだろ」

そう言い返したが、ねっとりと下半身を煽《あお》られて耐えられなくなる。肩に摑まり、腰を寄せた。周平の手のひらが先端を受け止め、ゆっくりとこすられる。

「んっ……、はっ。ぁ……」

息が乱れ、目の前の肩に顔を伏せた。

ぞくぞくっと肌が震え、またひとつ興奮が積まれる。

「こんなに濡れるぐらい興奮してるんだな」

周平に抱き上げられ、ベッドまで運ばれた。

シャツを脱いだ周平は苦々しく眉根にシワを寄せる。

スラックスのベルトを抜きながら身をかがめ、佐和紀の身体にうっすらと浮くあざを数えようとした。佐和紀は後ろ手に這い上がって逃げる。

「けっこう受けてるな」

「避けるとリズムが狂うし、当たったのを流す方が、相手も油断する。……押すなよ」

太もものあざを押そうとする周平の手を止めた。

「……かわいそうだから、今日はやめよう、とかないの？」

「ない」

「ヒドい男」

佐和紀は他人事《ひとごと》のように笑いながら腕を伸ばした。

全裸になった周平にのしかかられ、太い首を引き寄せた。のけぞりながらキスを求めると、くちびるが深く重なる。

労《ねぎら》いの優しさで何度も髪を撫でられ、

「騙されないからな」

強がって睨む先から欲情してしまう。周平が薄く笑った。

「殴り込《カチコミ》みの後は、女を抱きたくならなかったか」

「今、聞く……？」

「今しか、答えないだろう。おまえは」

目を細めた周平の言い分は正しい。

「んっ……ふ、集中、させろよ……」

寄り添う二人の性器を重ねるように握られ、佐和紀はもどかしさに息を弾ませた。

「ダメだ。教えろよ。俺の知らない、おまえのことだ」

精悍《せいかん》な顔で迫られ、頭の芯が痺れた。

「……ないわけじゃ、ない」

めったにしない自慰で、昂ぶった熱を晴らすこともあった。

「佐和紀」

「な、なに……」

ぐいっとあごを摑まれ、身体がびくっと跳ねる。

「やらなかったのか」

「……そんなので抱けるほど、女に慣れてないし……相手に悪いだろ」

誘われたこともあったし、ついていったこともある。でも最後まではできなかった。

「佐和紀……」

「……そこ？　そこで……？」

跳ねた周平の熱が、さらに太さを増す。何に興奮するのか、周平の性癖は謎《なぞ》だ。

「自分でしごいたのか。それとも、処理ぐらいは頼んだのか？」

「も、もう、いいだろっ。想像するなっ……ばかっ」

周平がどんな妄想を繰り広げているのか。知りたくもないが、想像はつく。

「エロいな」

「想像するなって！　今の、今の俺を見てればいいだろっ」

いたたまれなくなって、両手で周平の頰を包む。嚙みつく勢いで視線をカチ合わせる。

「じゃあ、見せてもらおうか」

百戦錬磨の男は、今日も余裕の笑みでささやいた。その息がくちびるに当たり、佐和紀は背筋をかすかにそらす。肌がわななく。

「こすってるところ……」

視線が、胸を過ぎていく。

「やめっ……、見るなって」

手をあてがわれ、自分のモノを握らされる。

「身体についた火を、どうやって消す？　ん？」

「周平っ……」

手を二度三度と上下に動かされ、佐和紀はあごを引いて身を丸くした。誰かにされるのとは違う刺激に手が止まらなくなる。

「んっ、んっ」

唸《うな》るように声を絞り出し、目を閉じた。もっと熱中したいのに、観察されていることが恥ずかしくて、思う存分に動かせない。

「男の声だな。想像するのは、おっぱいか、それとも」

「やめろ……っ。ちが、……女じゃない。なにも、俺は……」

なだめたい興奮がある。ただ、それだけのことだ。だから、今も手が止まらない。

「安心した」

「う、わっ……」

チュッと鎖骨を吸われ、強引に手を引き剝がされる。驚いている間に指が絡み、激しくしごかれた。

「こうだろ？」

ささやく声は熱っぽく佐和紀を試す。

「ひっ……ぁ」

コクコクとうなずき、自分から片膝を立てた。五本の指すべてで握られてこすられると、興奮が欲求に合致する。

「くっ。……ん、はぁっ。あぁっ……」

「いつもより、感じるか？」

「ん。いいっ……、すご、い……」

目を閉じて、腰を突き出す。佐和紀が滴らせる先走りで周平の手のひらが濡れ、ジュプジュプといやらしい音が立つ。それにさえ興奮を煽られ、背中をそらした。

「あ、あ、あっ。周平……、ん、周平っ」

「どうして欲しい」

「……指ッ、……入れ、て」

「膝を立てて開けよ」

言われるままに従ったが、興奮は募るばかりで収まらない。指が中をこじ開けても、また興奮と欲求がズレ始める。たまらずに身を起こした。

「ん、んっ……」

周平の首を抱き寄せ、くちびるに吸いつく。

「激しいな。足りないのか」

「……んっ。たりなっ……。もっと、ッ……きつく……して」

何度もキスを求め、顔の角度を変えながら舌を絡める。周平の唾液《だえき》をすする音さえ、恥ずかしいとは思わなかった。

「佐和紀、待て」

「いやだっ。……興奮して、たまらない。わかってて、誘ったのは、おまえだろ。……どうにかしろ。これで、俺の中、グチャグチャにして」

「男に火をつけて、後悔するぞ」

「それはっ、俺の、台詞《せりふ》っ……。んっ、はぁっ……。来いよ。バックで、入れて……」

「傷はつけたくない」

「いらない。痛いのがいい」

真剣に言うと、珍しく周平が首を左右に振った。

「ダメだ。俺におまえを壊させるつもりか。泣いても、やめてやらないから、ローションだけは使わせろ」

ひどい台詞を口にしても、優しい男だ。でも、今日に限ってはそこがもどかしい。サイドテーブルの引き出しからローションを取って戻るのも待ちきれず、逞しい腰まわりに手を伸ばす。

「……くッ」

周平の腰がびくりと揺れる。指を絡め、大胆にくちびるを近づけた。

「でっかい……。なんだよ、ムカつく。エロい……」

感じている周平の息が乱れ、舌を這わせながら視線をあげると腰が逃げた。

「どっちがエロいんだ……。てらいもなく、俺のもので遊ぶな」

「舐めるぐらい、いいだろ」

「舐めるだけでいいならな。一発目の濃いのをぶち込んでやるから、腰を上げろ」

押しのけられてベッドに転がると、うつ伏せの腰を引き寄せられた。乱暴な素振りを周平も楽しんでいるのだろう。ローションで濡らす仕草は性急だが、指の動きはいつもと同じ丁寧さだ。

艶《なま》めかしく水音を立て、ぬるりと抜ける。続けて押し当てられたのは、さっきまで佐和紀が口に含んでいたものだ。

先端がぬるぬると動き、

「あっ……入って、ッ、くる……っ」

異物で押し広げられる違和感に佐和紀は身を揉んだ。

カリ高な亀頭は入り口を強引に開き、まだ硬さの残る襞《ひだ》を前後にこすりながら、奥へ奥へと急ぐ。

そのたびに、淫靡《いんび》な痺れがぞわぞわと肌を震わせる。

「あぁっ……、ああっ、ん……！」

佐和紀の肌が、一気に熱を帯びた。太い杭《くい》を飲み込んだ場所が爛《ただ》れそうに燃え、痛いのがいいと口走った自分の浅はかさを悔やんだ。

「いた、い……」

四つ這いの姿勢で身体を支える腕が痛んだ。上半身をベッドに伏せると今度は足の方がズキズキする。

「ここは緩んでるぞ」

リズミカルに腰を打ちつけられ、佐和紀は少しでも楽な姿勢を探した。身体を起こしたり揺らしたりしてみる。でも、ピストンの動きに翻弄《ほんろう》され、どの体勢も打ち身に響く。

「ケガが……っ、んっ。いたい、周平。痛い」

訴え続けると、内壁を突き回していた周平の手に腕を摑まれた。あざを指で押され、

「あッ！」

身をよじってあげた声が甘くかすれる。鋭く走った痛みより、追いかけるように溢《あふ》れ出る快感が勝ったからだ。

声は抑えきれずに震え、腰がびくびくと痙攣《けいれん》した。

「あぁ、あっ……痛いから、やっ……だ」

打撲の箇所を摑まれたまま、射精寸前の昂ぶりで内壁を掻き回される。痛みと快感が交互に押し寄せて、頭がおかしくなりそうなほど気持ちがいい。

「痛い、って！　言ってんのに……っ！」

息が乱れ、頭が動かない。やみくもに叫ぶと、周平の手がするりと腕から離れる。喉を引きつらせながらの息を繰り返し、佐和紀はシーツをぎゅっと握りしめた。

「動くなって言ってるのか」

周平の動きがぴたりと止まる。

佐和紀は布団へと突っ伏した。息が整わないのは、柔らかな内側が周平の昂ぶりを感じているからだ。

「ん、はっ……」

眉をひそめ、目を閉じる。

身体は痛い。快感をこらえるたびに打撲が疼《うず》く。

でも、やめられるのは、せつない。息が乱れすぎて黙っていると、周平は繫がったままで体勢を変えた。つぶれたうつ伏せを横向きに転がされ、脚を開かれると正面に周平がいる。

「痛いと締まるのは、気持ちがいいからだろう」

意地悪く言った周平が腰を回すと、逞しい先端が佐和紀の内壁をなぞる。

「あっ、はぁっ……ッ」

シーツを蹴りながらのけぞった腰を掴まれ、大きな抜き差しの後で奥を突かれた。痺れが波立ち、背徳感が押し寄せる。

「からだ、……痛いって……、あ。あっ」

泣き声が漏れた自分の口元を、とっさに手のひらで押さえた。

「感じてる声だ。佐和紀」

「痛い、痛いんだって……」

「痛いのがいいんだろ。俺がおまえを一番よく知ってる。……おまえを痛めつけるのは、俺だけだ」

足を掴んだ指が、内出血を押す。憤りを滲ませた声は冷淡に聞こえた。

「こんなひどい男に誰がしたか、わかってるか。佐和紀」

さらに低い声で呼ばれ、背筋が震えた。

嗜虐《しぎゃく》的な目をした周平が見つめてくる。卑猥なほど濃厚に絡みつく視線に拘束され、佐和紀は喉の奥で息を引きつらせた。

「あ……」

目眩《めまい》がして、指が触れたものを無条件に掴む。それは周平の腕だ。性行為の激しさで、しっとりと汗ばんでいる。

周平は元からひどい男だ。でも、佐和紀をこんなふうには抱かない。激しさの裏側にある本音を口に出さない周平は、佐和紀の心の奥を見つめてくる。

暴力行為に没頭した後の寂寞《せきばく》感は、興奮をなだめる自慰の後に感じるものと大差ない。破壊行為からは何も生まれず、相手のいない自慰もただ虚《むな》しい。

だけど、さびしさの埋め合わせに、愛情のない交わりも求めなかった。それはもう、昔の話だ。

「痛くて、いい……」

のしかかってくる身体に、腕を回してしがみつく。

生きることの虚しさが埋められていく充足感に震えながら、抱き寄せられるままに額をすり寄せる。刺青《いれずみ》の肩に頬を押し当て、牡丹《ぼたん》の葉を噛みしめ、舌でなぞる。

「もっと、痛くして」

周平に耳朶《じだ》をねぶられ、頭の中がぐちゃぐちゃになる。それを恐《こわ》いとも思わず、理性をそっと手放す。

ほどけた胸の奥深くに、愛情をねじ込まれ、周平の背中に爪《つめ》を立てた。

「ん、んっ……。あぁっ！」

揺すり上げられ、声が漏れる。周平の動きは、いつにもまして執拗《しつよう》だった。硬く張り詰めた棒のような猛《たけ》りが、佐和紀の粘膜を掻きむしって動く。ごりごりと内側から刺激され、眉根を強く引き絞った。

「もっと、して……。痛いぐらい。もっと……」

ゆっくりとした動きが次第に激しくなる。足を大きく広げられ、いっそう奥を穿《うが》たれる。内臓を押し上げられる苦しさに顔を歪めながら、佐和紀は身悶《みもだ》えた。苦しさの中に燃えている淫欲が、ねっとりと心のふちを這い回る。

「……あ、あぁっ！　あぁん、あ、あっ！」

容赦なく突き上げられ、閉じたまぶたの端に涙が滲んだ。

どんな大立ち回りをした後の虚しさより、重なる身体が溶け合わない焦《じ》れったさの方がせつないなんて、今まで知らなかった。

心が破け、その隙間から何かが舌を差し入れてくる。柔らかな肉が溶けるような痛みに、周平の腕をいっそう強く摑んだ。

本当にひどい男だと思う。肉体的には傷つけないくせに、こうやって心に傷をつけてくる。淫《みだ》らな欲望を暴かれ、刻まれた傷は容易に消えない。

それが佐和紀の柔らかな心に、恋のアザを残していく。

「痛いか。佐和紀。……死にそうに、気持ちがいいだろう」

むせ返るような男の匂いには官能しかない。色気の強い笑みを向けられ、佐和紀はくち

びるを震わせた。

「……出して。周平」

両手を伸ばして、汗で濡れた周平の頬を包む。引き寄せて、上くちびるをついばんだ。

あとはもう何もない。

胸と胸が重なり合い、佐和紀は目を閉じる。耳元で周平の激しい息づかいが聞こえ、狂おしいほどの快感が押し寄せた。

しこっている乳首が胸に押しつぶされ、さざ波が立つ。周平の手が股間《こかん》に伸びて、佐和紀の性器を握った。

身体の興奮に引きずられ、佐和紀は周平の背中にしがみつく。背中で遊ぶ二匹の唐獅子《からじし》を撫でさすり、肩に額を押しつけて喘いだ。

背をそらすと性感がいっそう高まり、周平を包む肉壁がぎゅっと狭くなる。

「……来そう。もう、……ッ」

周平の手筒に性器をこすりつけ、浅い息を繰り返す。腰が浮いて、ガクガクと震えた。

いつもとは違う静かな興奮は、こわいほど大きな快感を連れている。

ひそやかに名前を呼んでくれる周平の声が引き金になった。

射精とともに巻き起こる下腹部の痙攣が足先へと広がり、すぐに全身を覆う。周平の熱を身体の奥に浴び、奥歯を噛みしめてもやりきれないほどの絶頂感に晒された。

身体がぎゅっと硬くなる。そして柔らかくほどけ、すぐにまた硬直した。頭がぼうっと痺れて、不思議な浮遊感の中に放り出される。

身体が波打ち、周平を締めつけた。すべては無意識だ。身体のコントロールが佐和紀の手を離れ、ただひたすらに気持ちがいい。

「痛いのが好きか」

ささやく声の甘さに、首を振った。

「周平が、好きだ……」

そう口にしたが、自分が何を答えたのか、佐和紀は自覚していなかった。優しいキスがくちびるの上で音を立て、佐和紀はくすぐったさに身をよじった。のけぞりながら、もう一度大きく身震いする。快感はまたゆっくりと積み上がっていった。

「ほんっとに、痛い……。腰が……」

濡れタオルで身体を拭った周平が、ついでのように首筋へ鼻先を埋める。

「やめろよ、火がつく……」

佐和紀はぐったりとつぶやいた。素直な感情だ。

掛け布団のはずされたシーツの上を這い、サイドテーブルに置かれたタバコに火をつける。事後はもう、全裸のままでも気にならない。

佐和紀の手を引き寄せ、そのままタバコを吸い込んだ周平が、また離れる。腿《もも》にあるアザをなぞられたが、今度はもう優しい仕草だ。

「なぁ、周平。暴れ回って、すっきりしてるはずなのに、虚しくなるのってなんでだろう。……おまえとのセックスのことじゃなくて」

周平の視線が静かに笑う。

「ならないのか。俺とヤッた後は」

「なる？」

佐和紀は首を傾げた。

「ならない」

真顔で答える周平も服を着ていない。脱ぐに脱げない刺青は、どぎつく胸板を覆っていた。今日も大輪の牡丹は咲き乱れている。

その鮮やかな色彩を眺めながら、佐和紀はタバコをふかした。

「昔からそうだ。オヤジから叱られてもうやめようと思うのに、またやっちゃうんだよな」

「だから、おまえには性欲が残らなかったんだろうな。そういうものだろう」

「女とやった後も、虚しくなるってこと？」

「俺を叱る人間はいなかったけどな。俺の場合はセックスで、おまえの場合はケンカが欲求不満の捌《は》け口だったってことだ」

「……なぁ。それじゃ、俺とした後も、そういう気分になる？」

不安になって、タバコを灰皿に押しつけた。胸がちくちくする。周平の手が頬に当たり、目を覗き込まれた。

「欲求不満だから抱くわけじゃない。お前が虚しくなったら、いつでも隙間を埋めてやる。さびしさなんて入る隙間がないぐらい、俺の太いので、ぎっちりと……」

「エロいんだよ……、バカ」

甘い声が腰に来たせいで睨みにも力が入らない。ふっと息を吐き出し、佐和紀は目を伏せた。

「ごめんな。もう一回……する？」

暴力行為の興奮をセックスで埋め合わせたと気づき、周平の手を握る。珍しく視線をそらされた。

「身体に負担がかかるだろう……」

「……またがれば、平気」

いつもと違う反応を返され、恥ずかしさで頬が熱くなる。

「エロいのはおまえだよ、佐和紀」

周平が苦笑した。くしゃっと歪めた表情に男の色気が溢れ、佐和紀の胸を鷲掴みにする。

「謝るのは今回限りにしてくれ。感情は一辺倒じゃない。それでいいんだ。おまえを俺の価値観にはめ込むつもりはない。好きにやってこい。……でも、事後処理は全部、俺の仕事だ。これも……」

指が股間へ伸びる。揉まれると、また形が変わった。

「いいな、佐和紀」

「ん……、うん。……うん」

自分の身体の貪欲《どんよく》さが恐い。心ここにあらずでうなずくと、周平の手が離れた。

「いつまでもいじり倒していたくて困るな」

さすがに遠慮しているのか。続きを始めようとはせず、自分のタバコに火をつけた。

「今回のこと、本郷はいいのか。そのままで」

煙を吐きながら聞かれる。

「新井に金を出したのは、あいつなんだよな。でも、直接的には何もされてないし。……なんだろうな、あのポンコツ感は。こおろぎ組の若頭を任せてるのも不安なんだけど」

「ひどい言い方だな」

肩を揺らした周平が、タバコをくわえて立ち上がる。

「新井たちの情報は、シンからだったのか」

「違うよ。豊平さん」

「誰？」

クローゼットから出した下着を穿《は》き、周平が振り返った。

「こおろぎ組の幹部。ってか、大滝組にいたんだけど」

「あー、待てよ。豊平実か。顔がいかついわりに、地味な男」

「そう、その人」

スラックスとセーターを身に着けた周平がベッドのそばに戻ってくる。

「そのおっさんも、あれか？」

顔を覗き込まれ、睨み返した。

「聞くなよ。野暮だな」

「嫉妬だ。悪いな。……怒るなよ。何か食べるものを買ってくる」

「作ろうか？」

「無理するな。惣菜《そうざい》でいいだろ。坂の下のスーパーで見繕ってくるから、寝て待ってろ」

「俺も行く」

「大丈夫か？」

心配そうに問われたが、歩くぐらいはできる。

高級スーパーは珍しいものがたくさんあって、眺めて回るだけでも楽しい。今日は空腹だから、自分で選びたかった。

「着替え、あったかな」

「俺のを着ろよ」

「嫌だ。ブカブカだし……。みっともない」

「みっともなくないのを選んでやる」

そう言った周平がクローゼットへ戻っていく。

「豊平さんがさー」

投げてくる下着を穿きながら話しかけると、相槌《あいづち》だけが聞こえた。

「言うんだよな。俺がその気になったら」

「その気になったら？」

周平が振り返る。『その気』の意味が違う。

「そっちの気じゃねぇよ。じゃなくて、最後まで聞け。……俺がその気になったら、呼ばなくても人をまとめて下につくんだってさ。どういうこと？」

「そういうことだ」

服を選びながら周平がつぶやく。

「豊平、ねぇ……」

「おい、悪いことするなよ」

「しない。そのおっさんは、代わりに何を要求した？」

「そういうんじゃないらしいよ」

無言で眉を跳ね上げた周平は、またクローゼットに戻った。今度は服を取り出す。

「昔からそう思ってたって」

「おまえを認めてるってことだな」

「じゃあさ、『その気』ってなんのこと？　あっち関係じゃないことはわかってんだよ？」

「……わかるだろ。どうしてわからないんだ」

あきれ加減に肩を落とし、周平が笑う。

「着替えて出かけよう」

急かされて、佐和紀はくちびるを尖らせた。答えを明かす気はないらしい。

服を着ようとするだけでも打撲の痛みはズキズキと響く。

佐和紀はうんざりと息を吐いた。

5

事件の解決から数日後。繁の様子を見た足で、こおろぎ組の事務所へ寄った。習い事の練習も兼ね、社長室の生け花を定期的に変えているのだ。ついでに松浦組長と世間話をして、成り行きをかいつまんで報告した。

本郷が絡んでいたことと、ケガをしたことは秘密にしたが、うっすらと残っていたくちびる脇のあざを見咎《みとが》められた。「ケガには気をつけろ」と釘《くぎ》を刺される。無駄だと思いながらも言わずにいられない口調に責められ、佐和紀は早々に腰を浮かした。そそくさと逃げ帰る。

運転手としてついてきた石垣を伴ってエレベーターを出ると、ちょうど戻ってきた本郷と鉢合わせた。

「もう帰るのか。ゆっくりして行けよ」

大島紬の着流しを舐めるように見た本郷の手が、気安く肩を摑んだ。

「どうせ、オヤジに叱られたんだろう。どこをケガしたんだ」

「もう治ってる」

そのケガの元凶に一枚嚙んだくせに、と心の中でだけ悪態をつく。表面上は素知らぬ顔で答えた。

お供としてついている石垣も、同じように知らぬ振りをする。

たとえ、本郷が黒幕だとしても、証拠がない以上は責められない。こおろぎ組の若頭だからなおさらだ。大滝組若頭補佐の嫁と揉めたとなれば噂はすぐに広まる。

今回は目をつぶれと、岡崎からも一言あったぐらいだ。

「おまえの旦那も役に立たないな。こんなきれいな嫁にケガをさせて……。俺なら、後生大事にするのになぁ」

佐和紀の顔をつくづくと眺め、構成員たちを先に行かせた本郷は、石垣にもロビーから出ているように言う。立ち去りがたそうにする世話係に目配せをして外へ出した。

「俺を頼れば、話は早かっただろう？」

丸いえびす顔が、見た目だけは福々しく笑う。二人きりで向かい合った佐和紀は、不機嫌に男の手を払いのけた。

「あんたに触られるぐらいなら、角材で殴られた方がマシなんだよ」

睨みつけると、本郷は一瞬だけたじろいだ。行き場をなくした手が宙を搔き、すぐに気を取り直して伸びてくる。もう一度払いのけると、手首を強く摑まれた。

「茶飲み友達ぐらいにはなれるだろう」

ぎりぎりと指が食い込んだが、佐和紀は表情ひとつ変えずに睨み返した。

「どうして？　俺があんたに頼むことがあるとすれば、この組のことだけだ」

「困ったことがあれば、俺のところへ来いと言ったはずだ。おまえが岩下を守りたいと思うなら……」

「本郷さん。それは本末転倒ってやつなんでしょ？　あいつのためにあんたを頼ったら、俺は不義をしなきゃならなくなる」

佐和紀の言葉に、本郷が押し黙る。

この前の冬、松浦組長とケンカになった佐和紀は、続けて周平にもケンカを売った。それは周平の心の奥へ入り込むためだったが、どうせなら自由に動けるうちにと、本郷へも話をつけたのだ。人の妻になった以上、前のように扱われたくなかったのと、古巣の実質的なトップを懐柔することで岡崎や周平との間に起こる摩擦を減らしたい思惑もあった。

「俺はあんたと手を組むとは言ってない。……喫茶店でコーヒー飲むだけの関係で済むとも思ってないし」

手首に食い込む指の力が本郷の本音なら、ものごとは佐和紀の想像を超えている。

「岡崎はよくて、俺はダメなのか」

「何の話だ。ややこしくすんなよ」

「俺と岡崎の何が違う」

笑った形の瞳が、鈍く光った。

「俺にとっては周平以外、ぜんぶ一緒だ。痛いから、離してよ」

そう言っても本郷の力は緩まらない。しかたなく一本一本をほどき、自分の手を引き戻す。本郷は考え込む顔のまま動かなかった。

でも、佐和紀が一歩後ずさると、つられたように踏み出してくる。

「欲しいものはないのか」

「は？」

いきなり言われ、佐和紀は面食らった。

「ちょっ……、何をマジな顔して。どこのホステスを口説いてるつもりなんだよ……。バカじゃないの」

「バカか……。そうなのかもな」

本郷から食い入るように見られ、佐和紀は顔を背けた。背中におぞけが立ち、あと一歩近づかれたら殴ってしまうと思う。

拳を握った瞬間、ロビーに石垣が戻ってきた。

「姐さん、お時間です」

次の予定はないが、助けに入るタイミングは完璧《かんぺき》だ。

佐和紀は手早く挨拶をして背中を向けた。本郷の手が袖を摑んだが、気づかぬ振りで引き戻す。そのままロビーを出た佐和紀は、石垣を急かした。車へ乗り込み、ようやく一息つく。

「何があったんですか？」

運転席の石垣が振り向いたが、

「何もない。あってたまるか。……あのおっさん、相当キてんな」

欲望と嫉妬が入り混じった目を思い出し、佐和紀は陰鬱《いんうつ》な気持ちになる。

「タモツ。ケイタイ貸してくれ。シンと話したい」

「あ、はい」

その場で連絡を取り、携帯電話を差し出した石垣は車を発進させる。

佐和紀は回線の向こうへ呼びかけた。

「さっき、本郷に会った。それでな、あいつと岡崎の関係って、今どうなってんの？　何か揉めてる？」

そう話を切り出した。

＊＊＊

待ち合わせた喫茶店に、長髪の男が入ってくる。外回り用のジャケットを着た三井はぐるりと店内を見渡し、周平に気づくと愛想のいい笑顔で頭を下げた。

「どうしたんですか？」

急な呼び出しに驚いた様子もなく、ウェイトレスにクリームソーダを注文する。

「たまには、おまえの様子も見ておこうと思って、な」

「またまたぁ。いいですって、そんなの。姐さんが逃げたんですか？　それとも、ケンカしたとか？」

また誰かを預かってるってのもあるな、と笑う三井は嬉しそうに周平を見た。人懐っこい犬のような男だ。いくらかヤクザらしくなったが、本質はまるで変わらない。

「来週、あのガキを連れて遊びに行くから、おまえも来い」

「あぁ、光ですか。アニキが付き合うことないのに」

「点数稼ぎだよ。クルーザーに乗せたいらしい」

「イイっすね。行きます。……そういえば、この前、河喜田が来てましたけど……続いてるんですか」

言ったそばから後悔したのだろう三井は苦々しく笑った。

そこへタイミングよく、クリームソーダが届けられる。

「どういう意味の『続く』だ」

「いや、すみません。間違えました」

いい加減な取り繕いをして、三井はスプーンを手に取った。ソーダの上に載せられたアイスをすくうのかと思いきや、勢いよく顔をあげた。

「違うんですよ！　ただ……ユウキの二の舞になるんじゃないかとか……思ったりしたり、しなかったりで」

ユウキは周平の元愛人だ。ケンカを売られた佐和紀が落ち込み、それなりの夫婦ゲンカになった。

「いまさら、佐和紀が妬《や》くと思うか」

「あ、やっぱりわざとだ」

三井がぎりっと眉根を引き絞る。

「佐和紀は何か言ってたか」

「そういうことよりも、河喜田に動きがないかって聞いてくださいよ」

「そっちは、見張らせてる」

「わざわざ波風立てて……、姐さんにバレたら怒られますよ。っていうか、絶対、拗《す》ねる」

「拗ねて欲しいよな」

ホットコーヒーを飲んで言うと、ようやくアイスを口に運んだ三井がうなだれた。

「やめてください。ボカスカ殴られるのは俺です」

「特別手当をやるから殴られてろ」

「えー。マジッすか。……殴られてようかな、俺」

軽い口調で言って、へらへらっと笑う。周平はカップをソーサーへ戻しながら、声をひそめた。

「中華街のあたりがこれから騒がしくなる。佐和紀を近づけないようにしてくれ」

「ウィーッス」

三井は笑い顔のままでグラスの中をかき混ぜた。適当な返事だが、物事の成り行きはきちんと見えている男だ。こんなところで詳細を聞いてくることもない。

「タカシ。もしも本郷が飛んだら、あいつはどうすると思う」

ふいの質問に、三井は黙った。グリーンのソーダの中の泡をじっと見つめる。

佐和紀が岡村へタレ込んだ本郷の異変は、そのまま周平のもとへも流れた。それをきっかけに、中華街を治める組織と本郷の関係が見え始めたのだ。意外な関係だった分、頭の痛い問題でもある。

反岡崎の一派を整理するとなると、関与している人間にも火の粉が飛ぶ。本郷は確実に巻き添えになるだろう。こおろぎ組の若頭なんて肩書は、大滝組全体から言えば紙くず同然だ。

「タモツから聞いたんですけど、あのおっさん、また姐さんに迫ってたらしいから……もういいんじゃないですか」

そっけなく言った三井は、あごをそらした。

「俺は嫌いですよ。組事務所へお供するときに見かけますけど……、なんていうか……」

珍しく口ごもる三井を促すと、めいっぱい顔を歪めて答えた。

「ムカつくんですよ。あの目が……。舐め回すように見るんですけどね！　特に、後ろ姿を、なんかこう……」

「おまえがムカついてるのか」

「いや、タモツが……」

堂々と責任転嫁する三井が視線をそらす。

「消えて欲しいんだな」

周平が笑いを嚙み殺すと、おおげさなほど肩を揺らした。

「俺じゃないですよ！　タモツが……っ」

「じゃあ、そうなったときはタモツとおまえが佐和紀の機嫌を取るんだな」

「俺は入れないでくださいよ。どうせ憂さ晴らしに殴られるだけなんですから」

「……やり返せよ」

「なっ……。ムリっしょ！　無理に決まってんじゃないですか。俺はもう、どの歯も折りたくないんです。能見のとこに連れていきますから」

「あぁ、能見がいるな。最近は佐和紀も、セックスぐらいじゃバテないからなぁ」

「バテてますよ……」

「ん？」

「わざと言ってるのはわかってますけど、言っときます。ちゃんとバテてますし、かわいそうなぐらい魂抜けてる日もあるんで。ほどほどで……お願いします」

「おまえがそれを言うのか？　あの身体は誰のものだ」

　意地悪く微笑むと、三井がぴょんと背筋を伸ばす。

「も、もちろん……」

　真面目な声で答えかけ、首を傾げる。

「……姐さんのものです……」

「俺のだよ」

　間髪を入れずに言ったが、三井はぶんぶんと髪を揺らして首を振る。

「いやいや、姐さんの身体は姐さんのものですって」

「俺の嫁だ。俺のものだろう」

「いやいやいや……」

「タカシ。おまえ、俺にケンカ売ってんのか」

「売りませんよ！　そんなの！　だから、ほどほどにって言ったのも取り消します。姐さんがいいなら、いいです」

「……俺がいいなら、だろ？」

もう一度確かめたが、三井は聞こえないふりでソーダを飲む。

ため息まじりに見つめ、周平は胸の前で腕を組んだ。

「じゃあ、佐和紀が自分の身体を安く使いそうになったら、おまえが止めろよ」

「……わかってます」

上目遣いに答える三井は、世話係の役割を越え、佐和紀と友人関係を築いている。岡村や石垣とは違う関係性は、よりクリアに佐和紀を見据えている。

周平でさえ惚れた弱みで目が曇るのだ。実際以上にか弱く思えることもざらにある。

「おまえがいてくれてよかったよ」

周平の言葉に、クリームソーダのグラスを摑んだ三井は屈託なく笑う。佐和紀や石垣が見たら、確実にからかう表情だが、周平は何も言わない。

その底抜けな明るさが、この舎弟の長所であり信頼のおける部分だった。

＊＊＊

「あ、来たんじゃね？」

運転席に座る三井の声で、佐和紀は商店街の入り口へと目を向けた。スモークを貼《は》った後部座席の窓が開いて、視界が明るくなる。

通勤通学ラッシュの引いた平日の朝だ。静けさを取り戻した商店街を抜けた親子連れの足が止まる。

佐和紀はセダンの窓から身を乗り出して大きく手を振った。驚いた表情の光が、父親に背中を押されて進む。

「おはよう。乗れよ、光」

佐和紀の言葉に、光は父親をふり仰ぐ。

「買い物に行くんじゃないの？　おじいちゃんに会うから、服を買うって」

「それはまた今度」

「……どこかに行ったりしないよな」

不安そうな目を向けられ、繁はおおげさなほどの大声で笑った。

「バカだなぁ。嘘はつくけど、おまえを置いて消えたりはしない。心配するな。佐和紀とはもう会えなくなるだろ？　だから、ちゃんと話す時間を作ってもらったんだ。もう怒ってないってさ。行ってこいよ」

背中を押された光がつんのめる。里美の実家へ身を寄せることが決まり、引っ越しはもう目前だった。

「この前は、ごめんなさい。もう二度としません」

「当たり前だ。いいから乗れ」

佐和紀はドアを押し開き、深々と頭を下げる光を手招いた。

だらしのない父親と、貧乏続きの生活。それでも、屈託なく育った子どもの姿には母親の愛情と家族のぬくもりが見える。ここを離れればきっと、別の生き方にも気づくだろう。

「どこに行くの？」

見送る父親に手を振った光が、瞳をきらりと輝かせる。

「港町の、最後の思い出作りだ」

佐和紀はそれだけを答えた。

夏日の激しい太陽光は街並みに降り注ぎ、三井が運転するた車は住み慣れた地区をぐるりと回る。光が通う小学校の前を抜けると、運動場では体育の授業が行われていた。その風景を横目で見ながら行き過ぎ、ランドマークをいくつか眺めると海が見えてくる。

ヨットハーバーの駐車場に車を停め、用意しておいたウィンドブレーカーと帽子を三井が光に渡す。

佐和紀は浴衣《ゆかた》のままで、雪駄《せった》からデッキシューズに履き替えた。

「船に乗るの？」

「気持ち、いいぞー」

答える三井は半袖と短パンのラフなスタイルにサングラスをかけた。どうしたって歩き方がチンピラっぽい。職業・ヤクザだからしかたがないとはいえ、爽やかなマリーナには不似合いだ。

ひそかに笑いながら、和服を着ている限り清楚《せいそ》な佐和紀は目的の船を探した。

「観光船はあっち、って書いてあるよ」

「あ、あれじゃねぇか」

光と三井の声が重なる。

「観光船、じゃないんだ……」

あっけに取られた光の腕を、三井がぐいぐい引っ張っていく。佐和紀はのんびりと、その後を追う。

どれも似通った白いクルーザーだが、そのうちのひとつに近づく。船体に描かれた人魚に見覚えがあった。名前は『ルサローチカ』。

海風のまだ冷たい春先に、一度だけ乗せてもらった船だ。

「俺も初めて乗るんだよな。楽しみッ♪」

三井が上機嫌に声を弾ませると、

「自分で魚を釣らないと、昼はないからな」

船上から声がして、男が一人、顔を出した。

真っ黒いサングラスをかけた周平の登場に光が飛び上がる。その背中を、三井と佐和紀が両側からバチンと叩いた。

「冗談だよ」

サングラスを額へずらした周平が意地悪く笑い、負けん気の強い光がムッとしたようにくちびるを引き結ぶ。

「サンドイッチを積んである。先に少し食べた方がいいな。それから、酔い止めを飲んでおけよ。今日は波も穏やかだけど、念を入れておいた方がいいだろう」

まず佐和紀へ手を貸す周平は、どさくさにまぎれて腰に腕を絡めた。顔が近づいてきて、拒む間もなく軽いキスを奪われる。

「子どもの前だろ」

鋭く睨んだのは、思わず身を寄せそうになる自分がいるからだ。

「キスなんて挨拶だ」

と、うそぶく周平の肩を、しかめっ面で叩いた。

「じゃあ、タカシにもしろよ」

「舎弟に挨拶してどうする」

それもそうだ。周平は、次に三井を乗せ、最後に光へと手を伸ばす。子どものためらいは一瞬だ。手を伸ばし返した光も、船へと乗り込んできた。

キャビンに入ると、あとは三井が動く。光に酔い止めを飲ませて、サンドイッチを勧める。それから自分も薬を飲み、サンドイッチをパクパク食べ始めた。

こういうことは、三井が一番うまい。岡村や石垣では、どうしたって子どものテンションまでは操れないし、佐和紀だって無理だ。

二人の賑《にぎ》やかな様子を眺めているうちに船の準備が終わり、キャビンの中を軽く片付けて外へ出た。

ホスト役の三井は、光にライフジャケットを着せ、一緒になって船体に摑まる。エンジン音に負けない声をあげてはしゃぎ、ゲラゲラ笑った光は、海からの景色を物珍しげに見渡す。

「俺が住んでるのは、もっとずっと奥だね」

船のスピードが落ち、会話をする余裕が生まれた。三井が周平の運転を見に行き、佐和紀は光と二人で横浜の街を眺めた。

「またいつか、こうやって見られるかな。俺の生まれた町」

「見られるだろ。おまえが行きたいと思うところが、おまえの行くところだ」

三井が心配そうにこちらをうかがっている。海風に乱れる髪を押さえ、佐和紀はうなずいて返した。

「あの人、変な人だね。ヤクザなのに、こんな船を運転するなんて」

光が言ったのは、周平のことだ。佐和紀はサングラスをかけたまま、くちびるの端を歪めた。

「人には特技ってのがあるんだよ。俺はバットを振るのがうまかっただろ」

「……佐和紀さんに道を譲る人の気持ちが、よくわかった……」

特技と認めていいのかどうか、真剣に迷っている首に腕を回す。船のスピードが上がり、船は外洋へと進路を取る。

「俺は」

操縦席を指さし、

「あいつが好きなんだ」

佐和紀は風の中で叫んだ。浴衣の袖がはためき、光は手すりを強く摑んだ。視線をそらした眉間が、ぎゅっと狭くなる。

それきり二人は黙る。生まれ育った故郷を背にした光は小さくうなずき、やがて何もなかったかのように進行方向へと顔をあげた。


昼過ぎて逗子《ずし》のマリーナに入り、船を繫いだ。

周平の友人の船とは、ここでお別れになる。船体に描かれた人魚を名残惜しそうに眺め

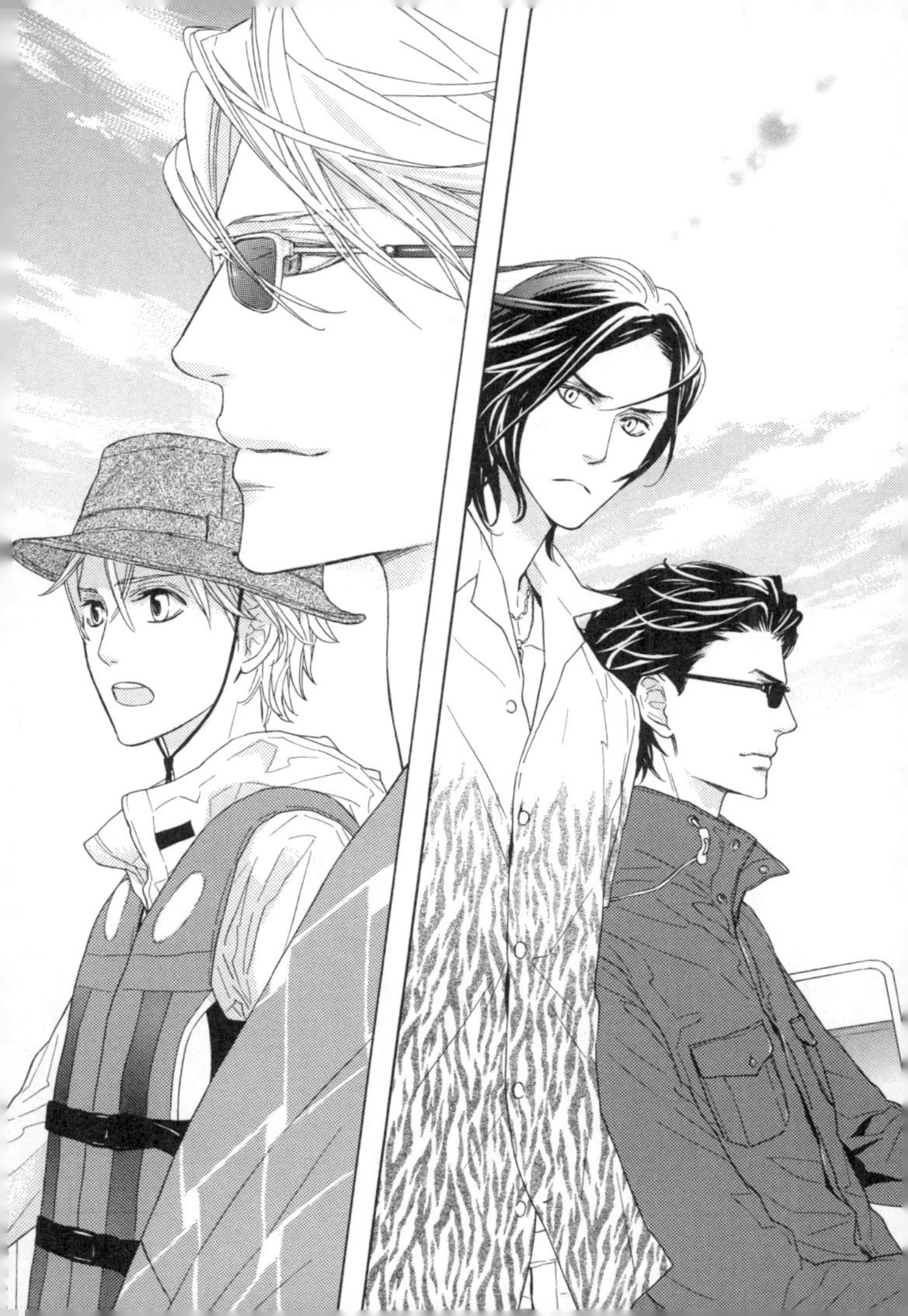

ていた光は、三井に呼ばれて駆け出していく。

見送る佐和紀は、周平の気配を感じて振り向いた。

「ランチに行くぞ。その間に迎えが着く」

クルーザージャケットから、ネイビーストライプのセーターに着替えた周平は、白パンツとデッキシューズを履きこなし、おそろしく爽やかにサングラスをかけている。

ラフに乱れた髪を掻き上げた仕草は繊細で、ヤクザの幹部にはまるで見えなかった。

「嫌味だな」

これみよがしにつぶやくと腰を抱かれる。

「惚れ直すだろう？」

「この前も言ってただろ、おまえ」

それから、意外性が恋のスパイスだと笑われたのだ。

これ以上、スパイスまみれにはされたくはない。結婚して一年。佐和紀はまだまだ周平にのぼせあがったままだ。

「ひらひらしたワンピースの美女でも連れてれば、完璧なのに」

嫌味のつもりで言ったが、

「袖のひらひらした浴衣の美人をはべらせてるだろ？　俺は満足だ」

ふいに背後を取られ、指で衿を引かれる。逃げる隙もなく、うなじを吸われて背筋が震えた。

「あぁっ！　もう！」

振り回そうとした佐和紀の拳が宙に浮く。

さっさと歩き出した周平に手招かれ、『苛立ち』と『ときめき』が混じり合う。複雑な気分で足を踏み鳴らした。急上昇する心拍数と血圧に、日差しの熱さまで加わって、目眩がしそうだ。見慣れたはずの背中を睨んで、後を追う。

白壁が洒落《しゃれ》た雰囲気のレストランの前で三井たちと合流して、店内へ入った。席はオープンテラスを選び、注文を終えて早々、周平はフルーツの沈んだサングリアのピッチャーを摑んだ。光のグラスに傾ける。

「周平。子どもに……」

「フランスなら、ワインは水代わりだ」

佐和紀が咎めても、どこ吹く風だ。

「ここは日本だろ」

「一杯ぐらい、見ない振りしろよ。ほら、水で割ればいいだろ」

そう言いながら、申し訳程度に水を混ぜる。見た目はぶどうジュースだ。

「おまえは……。俺は飲まないからな、それ」

「焼酎《しょうちゅう》はないぞ」

「わかってる！　うっさいな。ビール！　タカシ、ビール頼め」

「はいはいはい」

苦笑いの三井が立ち上がり、店内へ続くドアを開ける。

ビールに続いて前菜が運ばれ、佐和紀はテーブルに並んだ複数のフォークやナイフをいまさらに睨みつけた。チンピラ二人と子どもを連れているのに、平気でコース料理の店を選ぶのが周平だ。

「えっと、どれだっけ」

さりげなく助けを求めると、三井も食い入るように見てきた。光もそれに続く。

このテーブルで、マナーを知っているのは周平だけだ。

「どれでも一緒だ」

と、言いながら、周平が一番外側に置かれたナイフとフォークを持つ。残された三人も、同じ一組を摑んだ。

「三井さんは飲まないんですか」

食事をする周平の器用な手元を眺めていた光が、ビールグラスをあおる佐和紀に気づき、隣の三井に尋ねた。

「あぁ、俺はいいんだ」

「飲めばいいのに」

と、佐和紀は間髪を入れずにからかう。

「飲まないっつーの」

「こう見えて、タカシは真面目なんだよ」

石垣がいれば、佐和紀に付き合う三井も、舎弟が自分だけのときは飲まない。それが、暗黙のルールだ。

「フォークを人に向けるな」

周平に腕を押さえられ、佐和紀はバツの悪さに肩をすくめる。

正方形のテーブルの向かいに座る三井がしてやったりの顔でほくそ笑む。蹴りつけたかったが、足は届かない。

「俺は一応、仕事中なんだよ」

三井が光に答えた。

「本当なら食事も一緒にはしない。普通は、外でコンビニ飯を食うんだよ」

「そうなの？」

担がれていると思ったのか、光が佐和紀を見てくる。うなずいて返した。

「そうだな。周平が一番偉いから、タカシくんは本当なら同じものなんか食べられない」

「タカシくん、って言うな」

「タカシちゃん」

「……くっ、アニキがいなければ」

「俺がいなければなんだ。気にするなよ。いないも同然だ」

「いるじゃないですか！　そこに！」

二人にからかわれ、三井が身をよじらせる。

「た、大変なんだね」

たじろいだ光は目をぱちぱちとしばたたかせた。

「楽じゃないぞー」

と、三井が棒読みする。実際は、楽な方だ。周平は金回りがいいから、舎弟たちも羽振りよく暮らしている。シノギに四苦八苦する様子は見たことがなかった。

たわいもない会話が続き、食事の時間は穏やかに過ぎる。

光が急に立ち上がったのは、ウェイターがデザートを告知した直後だった。

「い、岩下さんっ。じ、じ、時間、ください」

「デザートが来るぞ」

「すぐ、すぐ終わります。あ、あっちで、話……」

ガチガチに緊張している。舌もうまく回らず、光の身体は危なげにぐらぐらと揺れた。

「おいおい、無理するなよ」

三井が横から支え、やっと動きが治まる。

周平は静かに席を立ち、光が子犬のように追いかけていく。

「何の話をしてんだろうなー」

佐和紀はテーブルにひじをつき、ビールを傾ける。一口飲んで、それから、残りを三井に突き出した。

「ぬるいけど、一口やれば」

「サンキュ」

アニキ分の目を盗み、三井は嬉々《きき》として受け取った。

「あいつなりのケジメなんじゃねぇの」

三井の言葉通り、光は頭を下げていた。対する周平はすっきりと背を伸ばし、いつもの仕草で眼鏡を押し上げている。

「姐さん、さびしいんだろ」

「いなくなるからな……」

「じゃなくてさ、線引いて付き合うことだよ」

「……もっと早く、そうしてやるべきだった。たぶん、初めからだ。あいつには悪いことをした」

「まー、身近な人間が男同士で結婚するなんて、普通じゃなさすぎて気の回しようもないけどな」

「だとしても、だよ。その前に、ちゃんとしてれば」

「しかたねぇじゃん。姐さん、お利口じゃないんだから。利口なら、男とは結婚しねぇよ。フツー」

「必死だったんだよ。それこそしかたなかったんだ」

「だから、いいじゃん。これはこれ。それはそれ。……話、終わったみたいだな」

テーブルにデザートが届き、飲み終わったビールのグラスが下げられる。

「食事が終わったらさ、俺が光を連れて帰る。干物でも買って、土産《みやげ》に持たせとくから」

二人が戻ってくる前に、三井が言った。

「……俺はどうなるんだ」

眉をひそめた佐和紀は、嫌な予感に身を震わせる。迎えに来た車で二人が帰ってしまったら、周平と二人きりだ。

「明日の朝四時に車が来る。アニキのデッドライン、それだから」

「え……。帰る。俺も帰る」

「何、言ってんだよ。ゆっくりすればいいだろ」

「なんだよ、いやな笑い方しやがって」

「はぁ？　身に覚えがあるから、そう思うんだろ。いいなー。リゾートホテルか？　それとも、夜のクルージングか？」

ひひっと笑われる。他の誰にからかわれるよりも頭に来るのは、三井が世話係の中で一番、友人のポジションに近いからだ。

「殴るぞ」

「殴られても、俺は点数稼ぎを選ぶ！」

ふんぞり返って宣言される。

「裏切り者」

「味方の間違いだろ。嬉しいくせに。今夜もせいぜい大波小波を乗りこなせよ。いやー、いいご夫婦ですね！」

「コロス！」

佐和紀が立ち上がり、三井は笑いながら逃げた。

「何をやってんだ」

戻ってきた周平があきれ顔で椅子を引く。

「光。気にせずにデザートを食べろ。甘いものが好きなら、俺の分もいいぞ」

「あ、はい。もらいます……」

いつものことだと止めもしない周平の余裕に、光はあっけにとられた表情のまま素直に従った。

＊＊＊

遠のいた波の音がまた戻ってくる。

夜のしじまに聞こえていた柔らかなボサノバもいつのまにか終わっていた。泳いだ後のようにけだるい身体を起こすと、汗が冷えて寒さを感じる。

髪を掻き上げながら、クルーザーのキャビンの中を見渡した。

土足厳禁の床の上には、脱ぎ散らかした衣服が折り重なっている。佐和紀の浴衣と、周平のセーターにボトムだ。脱がされた経緯と、すべてを脱いだ後のことが身体に甦り、まだ打撲痕の消えない肌に熱が灯《とも》る。

殴り込みからこっち、じっくりと抱き合うことがなかったせいで、周平からは執拗にアザを確かめられた。指でなぞり、舌が這い、くちびるで吸われ、そのたびに佐和紀は小さく震えながら身を揉んだ。

「こんなことして、持ち主に申し訳ない」

前にクルージングしたときにも言ったことを、佐和紀はまた繰り返した。

「似たようなことに使ってるんだから、気にするな」

周平も同じことを繰り返して笑う。

本当か嘘かはわからないが、もしも持ち主でさえラブホテル代わりに使っているのだとしたら、それはそれで微妙な気分だ。金持ちの道楽は理解できない。

裸の周平が起き上がり、腕を引かれた佐和紀は求められるままに膝へ乗った。横抱きにされる体勢で片足をソファーに乗せ、周平の首に手を回す。

紳士ぶったマリンルックを剝げば、生身はヤクザの肌だ。波を模した地紋が浮かぶ。

「泣かせてもいいから、離さないで欲しい、か……」

短いキスの後で、周平が小さく笑う。

甘い言葉だが、佐和紀が言ったわけじゃない。昼間、周平をテーブルから連れ出した光が、盗みについて謝った後で言ったらしい。

『佐和紀を泣かせるようなことがあっても、好きなら、ずっとそばにいてあげて』

なんてことは、まるで子どもらしくない台詞だ。でも、光の家族を見てきた佐和紀には意味がわかる。

「里美さんがそうだからだ。亭主に苦労してさ、茶碗が飛び交うようなケンカをしても、好きだからそばにいて欲しいって、よく泣いてた」

「それが幸せだって知ってるあいつは、強いのかもな」

周平の言葉に、佐和紀は眉を跳ねあげて肩をすくめた。子どもの発言だとバカにせず、幼さを侮らない周平は優しい。

「……俺は、不幸なことだと思ってたけど」

膝から下りて、下着を穿く。そのゴム部分に周平が指をひっかけた。

「なぁ、佐和紀。外でしないか」

「死ねよ……エロ亭主」

ため息しかない。ついさっき、繋がったばかりだ。肌に伝ったローションは拭われていても、奥に入れられたぬめりは油断すれば出てきそうに危うい。

「満月がきれいだ」

小窓を指さした周平を睨む。そんなことでいちいち足を開いていたら、きりがない。

「……明るい、ってことだろ。ふざけんな」

「まだ恥ずかしいことが残ってるなんて、幸せだな。おまえは」

「……不幸だよ。おまえみたいな男に惚れて」

舌打ちして言うと、周平の表情に陰が差す。

「本気か？」

「知るかよ」

ぷいっと顔をそむけ、手近なタオルを肩に引っかけた。下着のままで密室から出ると、心がすっと軽くなる。

波の穏やかな海にクルーザーは漂い、丸い月が揺れていた。確かにきれいだ。

大学生時代に船の免許を取った周平は、ボート部に所属して、ガールハントとバカ騒ぎに明け暮れていたらしい。

そのどこかで運命を変える女に出会い、転がり落ちて、今はここにいる。そうなるまでの周平は、空に昇る満月のように遠くて明るい場所にいたのだろう。そう思いながら振り向くと、キャビンから出てくるところだった。

摑んでいたセーターを頭にかぶせられ、しかたなく袖を通す。体格の違いは、服を着るとあからさまだ。まず、肩幅が違う。そして、着丈も。

裾の長いセーターは、佐和紀の尻をぎりぎり隠していたが、下着を穿いていなかったらアウトの丈だ。

「離れて眺めてもいいか」

全裸の周平にからかわれ、佐和紀は隠す必要もない立派な股間から目をそらす。平常時でこれはひどいと思ったが、口にはしない。男の価値はそこじゃないなんて負け惜しみだ。周平を見ていると、股間の立派さと男の度量は比例していると思う。

パーソナルトレーニングのジムで鍛えている身体は引き締まり、胸の刺青から下腹へかけて、シックスパックがうっすらと浮いている。

「……変態。ふざけんな」

悪態をついて、手近な場所へ腰かけた。まだ休暇シーズンには遠く、眼鏡をかけずに眺める別荘地の灯《あか》りはおぼろげに少ない。

「ちょっと寒い」

ぼやきながら、引き寄せた膝にセーターをかぶせる。風はほとんどないが、海上の空気は冷えていた。

「母親のこと、やっぱり覚えてないのか」

服が伸びることなど気にもしない周平からいきなり言われ、佐和紀は戸惑った。

光の考え方を理解しようとする過程で、同じ年頃の自分を思い出したのは、自然の成り行きだ。でも、記憶は不思議なループを繰り返し、抜け出すたびに記憶違いがあった。どれが本当で、どれが思い違いか、わからない。

「やっぱり、死んだときの記憶がはっきりしない」

「骨は寺に預けたんだよな？」

「ばあちゃんのと一緒に。ばあちゃんが死んだときと、葬式のことはよく覚えてるんだけど。なんか、母親が死んだときだと思ってたのが、よく考えるとばあちゃんだったたってことがたくさんあって。なんだろうな。記憶って頼りないな」

揃えた膝に、セーターの上からあごを乗せる。

「考えすぎるな」

「もしかしたら、記憶がないのかも」

ぽつりと口にした思いつきは、意外にも胸の奥へすとんと収まる。

「ばあちゃんは、死んだ理由になるとすっごく嫌がったんだ。病死じゃなくて、本当は事故だったのかな、ってさ……考えたこともある。そのときに、俺も頭を打ったとか。……嘘っぽくて笑える？」

不安になって見つめると、柔らかな笑みを浮かべた周平は首を左右に振る。

「母親の死を覚えているかどうかは、重要なことじゃない。正解がどうであれ、おまえがここにいることが俺の幸せだ。それだけでいい。俺に膝をつかせるのはおまえだけだ」

そう言うなり目の前に膝をつく。周平の手に足を引っ張り下ろされる。佐和紀はとっさに膝を閉じたが、手のひらで左右に開かれた。

「……嫌だ」

月が明るくて、眼鏡がなくても周平の顔がよく見える。同じく眼鏡をかけていない顔は、引き締まった頬がいっそう精悍で、悔しいほど男っぽい。

「一回ヤッたんだから、もういまさらだろう」

恥ずかしがるなと言いたげな周平の手を払いのけ、佐和紀は首を左右に振った。

「したいから、代われって言ってんの」

するりと下りて、周平の身体を腰かけのスペースにぐいぐいと押し上げる。

容姿はともかく男気では負けたくない。この行為が男気の証明になるのかは置いておくとしても、かわいがられるばかりではいたくなかった。若い頃の周平を想像させる船の上だからなおさらだ。

「舐める、から」

足元に落ちていたタオルを膝の下に敷いてクッションにし、佐和紀は意を決した。

今夜は雲ひとつ浮かんでいない。だから、月光は波をきらめかせているし、二人の上にも降り注ぐ。眺めているにはロマンチックだが、フェラチオをすると思うと背徳的だ。

前のめりになると胸の奥が騒ぐ。手すりに腕を預けた周平の昂ぶりを手で捕え、ゆっくりとしごいた。

脈打つのを感じてくちびるを寄せると、さっきまでつけていたコンドームの匂いがした。汚れても気にしなくていい外でなら、生で繋がれるのだろうかと、淫らな考えが脳裏をよぎる。体液を注がれる瞬間の熱情を思い出した腰がズキンと反応してしまう。

佐和紀は眉をひそめながら、先端をちらりと舐めた。

拭いきれていない精液の味がして、いやらしさに身が震える。男のモノを舐めて勃起《ぼっき》する日が来るなんて、一年前には想像もしていなかった。その上、この硬さで嫌というほど泣かされ、一晩経てば何事もなかったかのようにまた欲しいと求めてしまうなんて。

周平の手が動き、無理を拒むように髪を撫でてくる。それだけのことで、佐和紀のフェラチオは奉仕ではなく愛撫《あいぶ》に変わった。

胸の奥がいっそう苦しくなり、解放されるために舌を這わせる。先端から根元へと下り、裏筋を舐め上げた。

舌で感じる周平の熱が跳ね、感じさせている充実感に佐和紀の中の男心が疼く。周平に舐められるよりも、周平を舐めているときの方が、不思議と征服欲が満たされる。急所を晒した周平の内太ももが波打ち、昂ぶりが張り詰めると嬉しくて、この男は俺のものだと実感した。

「くわえてくれ」

色っぽい男の声に誘われ、求められるままにくちびるを開き、太さを口に含んだ。脈打つ熱を口腔《こうこう》内の粘膜に感じる。

かなり奥まで受け入れ、首を傾げるようにしてねじりながら身を引く。周平の指が、頬を撫でるようにその場に残され、佐和紀はもう一度、頬を包んでもらうために前へ出た。

それを幾度となく繰り返す。飲み込めない唾液が溜《た》まり、息をするだけでジュルリと水音が立つ。

「んっ、ふ……っ」

「おまえの中が濡れてるうちに、入ってもいいだろ」

「んんっ」

嫌だと首を振る。周平は性器を引き抜き、佐和紀のくちびるを指で拭った。

「手早く済ませる。いい、って言えよ」

焦れた目が鋭いのは、佐和紀の愛撫でガチガチに育ったモノが苦しいせいだ。佐和紀は目を細めて身体を引いた。

「嫌だ」

「『手早く』が気に食わないなら、たっぷり出し入れしてやる」

「そうじゃない。ちょっ……、いいって、言ってないっ」

「待ってる間に乾きそうだ。悪いな」

周平は有無を言わせない強引さで腕を掴んだ。引っ張り上げられながら下着を剝がれ、手で膝裏をすくわれる。段差に片足を上げる格好で、波よけを掴んで体勢と保つと、もう腰が当たっていた。

「……周平っ」

立ったまま腰を掴まれ、くちびるを噛む。指が濡れ加減を確かめるようにねじ入れられ、息を止めた瞬間に引き抜かれる。

一度目のセックスの余韻を残した内壁はまだ柔らかく、かき混ぜられるとこらえきれずに甘い声が漏れた。

腰が引き寄せられ、次の瞬間には先端がめり込んでくる。息が詰まり、抵抗することはもう考えられなかった。

周平を支配しようとした佐和紀へのカウンターパンチは、いつだって強い快楽を呼ぶ。あんなに無防備な態度で下半身をさらけ出していながら、肝心なところで主導権を引き戻す周平は身勝手な男だ。

でも、そこが好きだった。翻弄されて、快楽に繋がれて、セックスのことを考える瞬間には、いつも周平だけを思い出す。

「……あっ、ん……ッ！　んっ！」

まだローションで濡れている内壁に、ダイレクトな刺激が走る。

段差のはっきりとした周平の形は先端まで硬く、揺すられるだけで内側の壁にゴリゴリと当たった。そのたびに下腹部が跳ね、佐和紀はたまらず上半身をそらした。当たる角度が変わり、新鮮さでまた腰が疼く。

キャビンの中でなら出せた声も、外にいると思うだけで抑えがちになり、恥ずかしがっている自分を見られるのがいっそう恥ずかしい。

「や、だっ……」

「首筋がきれいだ」

「あっ、んん、んっ」

首を摑むように持たれ、腰が狭《せば》まった。周平をきつく締め上げているのが、佐和紀にもわかる。

低く呻《うめ》いた周平は、濡れた息を吐く。

「俺が手早くしなくても、おまえに絞られそうだ。すごく狭いのは、繋がり方のせいか？それとも、月明かりで見られてると思うからか」

そう言った周平の手に、両尻の肉を摑まれる。ゆっくりと引き抜かれ、ずくりと差し入れられた。そしてまたゆっくりと離れていく。

「佐和紀。濡れた割れ目に、俺が出たり入ったりしてる……。よく見える」

ゆっくりとした動きを繰り返し、周平はなおも尻を摑んで広げる。濡れてるのはさっき仕込まれたローションだと言いたかったが、問題はそんなことじゃない。

「ャッ……」

見られている恥ずかしさに思わず声が漏れ、直後に後悔する。甘い声が自分のものだと思うだけで、肌が火照って汗が噴き出す。片足立ちにしている膝が震えた。

繋がる場所を見られるのも、外でされるのも、初めてじゃない。それなのに、恥ずかしさは毎回、手を替え品を替え、佐和紀を苛《さいな》む。それはすべて、周平の手管だ。

「あっ……はっ……ぁ」

「セーターを持ってろ」

まくりあげた裾を、片手に押しつけられる。そのまま、手をくちびるに近づけた佐和紀は周平の肌の残り香に気づいた。クラリと目眩がする。

濃厚な夜の気配に頭の芯まで支配され、佐和紀は目を閉じて波よけにすがった。ずくずくと繰り返すリズミカルな動きで水音が立ち、船体に打ち寄せる波音と乱雑に絡み合う。

「……っ、はッ……あ、あっ……」

「俺の服を着たおまえを抱くのも、いいな。……絡みついてきて、最高に気持ちいい」

満ち足りた声に溢れる色香は、卑猥さを極めた。たわいもないことでさえ、耳を覆いたくなるほど性的に聞こえ、

「うるさっ……」

たまらずに髪を揺らしながら罵った。

「こうやって、嫌がる女を抱いたんだろッ」

「……そんな話は、今するなよ。嫉妬したって意味がない。こんなにグズグズに濡らしてるくせに、まだ声を我慢しているのはおまえだけだ」

「嬉しくないっ……」

「じゃあ、過去に戻って、バカな俺を殴ってこい」

「……そこ、嫌っ……」

「ここか？」

嫌と言ったのに、先端で激しくこすられ、佐和紀は身悶える。よじらせた腰を周平に追われ、逃げるたびに気持ちのいい場所を突かれた。

「そんな腰の動き、どこで覚えてきた」

「てめぇだろ……。あぁっ！　やめ、もっ……！」

周平の絶妙な腰つきが、佐和紀をいやらしくさせる。周平の言う通り、逃げようとする腰は淫らにうごめき、収縮を繰り返して昂ぶりを締めつける。

「過去の俺に会っても、抱かれるなよ。おまえは俺だけのものだ」

どっちも周平だと言いかけて口をつぐむ。

過去の周平は、まだヤクザじゃないと気づいた。クルーザーの上で無邪気に女を泣かせ、この世の春だと浮かれているただの男だ。

「イイ、って言えよ、佐和紀」

ふいに背中から抱かれたかと思うと、指に胸をまさぐられる。

「……うっ、んっ……」

尖りを探り摘《つま》まれ、指の腹でゆっくりとこねられた。せつない淫欲が生まれ、こらえきれない声が鼻から抜ける。

「んっ、んっ、……んんッ」

「素直じゃないな、おまえは」

佐和紀の胸と股間を揉みしだく周平の笑い声が耳をかすめる。そのまま耳たぶをしゃぶられ、強く突き上げられた。奥にぐりっと先端の感触が走り、抱かれた身体ごと激しく揺さぶられる。

「あ、あぁ、あ、あ、っ！」

激しいピストンに、声が途切れた。周平のセーターの裾を握りしめた佐和紀は、射精とは違う解放感へと押し上げられる。腰の奥で艶めかしく揺れる炎に理性が焼かれるようで、恐くて、目を閉じた。

「いいっ、イイ、周平っ……。奥、いいっ」

声が甲高くうわずって、泣き出したいぐらいに感情が昂ぶる。

「いい子だな」

快楽でかすれた男の声が熱っぽくささやいた。そんな褒め方、嬉しくない。そう思うのに、心は裏腹だ。喜びに震える胸がせつなく痛み、男の熱を狂おしいほど欲しがる。

「あっ……、あ、あっ」

けだるい痺れが肌に広がり、周平の熱が身体の奥に迸《ほとばし》った。崩れ落ちる腰を抱かれ、身をよじらせて振り向く。

柔らかなキスを受け、満足げな息遣いを繰り返す男の顔を恨めしく睨んだ。

「最高に、いやらしい腰つきだった」

「それ。褒めてない」

「じゃあ、なんて言われたいんだ」

「何も言うな」

「無理だ。……一晩中でもおまえの身体を褒めていたいから」

「……お付き合いできません」

脱力して答えた。微笑む周平の顔は月の明かりに照らされて、腹が立つほど佐和紀の胸を騒がせる。

何もかもがたまらなかった。周平の指先も、肌も、余裕に溢れた表情も、声も、息づかいも。何もかもがせつない。

終わったばかりなのに、肌はもう次の欲望を求めている。

「次は俺が舐めてやるよ」

キャビンへと腕を引かれ、

「陸《おか》に帰ろうって……」

佐和紀はがっくりと肩を落とした。

自分のタガがはずれそうで、そっちの方が恐ろしい。

そう思った瞬間、身体の異変に気づいた佐和紀は立ちすくんだ。びくっと身をすくませたが、足の付け根の奥から垂れてくるものは止まらない。

「周平っ……」

肩を抱かれたまま、下半身だけを引く。下着を穿いていないから、周平のセーターにぎりぎり隠れているようなありさまだ。足の間にぽたりと粘り気のある精液が落ちた。

「待ってろ。拭いてやるから」

「いや、いいっ。タオルを取ってくれるだけで……。周平っ！　ちょっとぐらい、俺の言うことも聞けよ！」

タオルを拾った周平にひざまずかれそうになり、慌ててうずくまる。

「余計に出てくるぞ。そこで出すのか？」

「最低っ……」

「なんでだろうな。おまえだと思うと、罵られてる気がしない。手伝ってやるよ」

「ヤダって！　待て、何で掻き出すつもりだよっ。今、出したばっかだろ、デカくするなよ。……絶倫エロ亭主！」

「好きだろ」

向かい合ってしゃがんだ周平に抱き寄せられる。

「恥ずかしいから、もうやめろ……」

羞恥《しゅうち》に頰を染め、佐和紀は小刻みに震えた。うずくまっても、逆流するものは止められない。

「無理だな。オーバーサイズのセーターがエロすぎる」

「こ、殺したい……っ」

「じゃあ、死ぬまで、おまえの身体で抜いてくれ」

楽しそうな周平の指が肌を這う。

「もう、絶対に二人で乗らない」

恨みごとをささやいたが、笑う周平は本気にしていない。

くちびるが重なり、腰の奥へと指が入る瞬間に合わせ、口には舌が忍び入る。佐和紀にはもう、わけがわからない。

背中に手を回し、周平にしがみついた。中に出された精液が溢れる感覚はない。でも、のけぞって見上げた空には星が輝き、肌から伝わる周平の体温にいっそう身を寄せる。

濡れそぼった場所を掻き回されて喘いだ。

指が肉を掻き分け、欲望がまた灯った。

抵抗をやめた佐和紀は周平の襟足に指を這わせる。ぞくりと震える快感を受け入れると、気持ちよさは倍増して、頭の芯が蕩《とろ》けていく。

この世の春でもなければ、明るい日向でもない二人の生活を想った。暗い日陰の暮らしだ。どうあがいても、お互い、カタギには戻れない。

目に見えない一本の線を前にして、自分たちの心は向こう側に微塵も存在していないのだ。もう戻れない。周平が大学生時代に決別したように、佐和紀のどっちつかずだった長屋時代も終わったのだ。

月のように明るい世界からこぼれ落ちてきた周平の肌は温かく、波間の下で凍えていた佐和紀を包み込む。

誰が望んでも、もう元には戻れない。周平を愛する前の自分には、戻りたいとも思わない。だから、線を引くのだ。

ここから向こうはもう、佐和紀の人生の領分じゃない。

「あ……っ。やだ、……これ以上……気持ちよく、なりたくないっ……」

「もうなってるだろ。そんなエロい声で、よくもそんなことを言えるな」

「おかしく、なる……。今度入れたら、叫ぶぞ……」

深く息をついて、佐和紀は周平のあぐらの上にまたがった。

「泣きたくなるぐらい、いやらしい言葉を教えてやるよ。佐和紀」

「へんたい……。ばか、しね……」

両手で周平の頬を掴み、言葉のたびごとに舌を絡ませる。頭の中がぐらぐらして、ろれつさえ怪しくなる。

「おまえの口の悪さには負ける」

「やっぱ、ダメ……。も、やだ……」

「ダメだ。泣き叫んでいい。誰にも聞こえない」

「んんっ……。ばか。ぁ、あっ……」

力の抜ける身体を抱き寄せられ、息を呑む。濡れた場所に突き刺さった猛りは、ずるりと肉を掻き分けて進んだ。

首にしがみつき、くちびるを求める。頭の芯が痺れて、息が乱れた。

「陸《りく》で叫んだら、人が来そうな声を出せよ。俺だけが聞いてやる」

後ろ暗く鬼畜なささやきに、佐和紀は薄くまぶたを開く。

「……バカ」

声がかすれ、笑みが弱くなる。腰を抱く周平の手に力がこもり、それだけで感じてしまう。

悪い性癖を持つ男に惚れた自分を恨めしく思う。

揺すり上げられ、震えながら息を吸い込んだ。

背中を撫でる周平の手が何よりも気持ちよくて、声をこらえる気が失せる。

「してッ……。周平……ッ」

のけぞりながら、視線を交わす。佐和紀の身体は淫らに律動して、周平へと艶めかしく絡みついた。

6

酒の肴《さかな》の猥談《わいだん》としてさえ、とてもじゃないが口にできないセックスは、いつのまにやら佐和紀の日常に溶け込んでいる。

他人から聞かされたら、引きつり笑いしかできないような類《たぐい》の内容だ。舎弟たちに知られるなんてもっての外だし、後から自分で思い出しても、穴を掘って死にたくなることが多い。

しらっとした顔で話に出すのは、周平ぐらいのものだ。そのたびに真っ赤になったり真っ青になったりと忙しい佐和紀だが、二人の時間は嫌いじゃなかった。

仕事の忙しさをインターバルだと考えている周平は、間違いなく中三日で仕事を調整している。始めれば際限がないから、そうやって歯止めを利かせているのだ。

車の外を眺めていた佐和紀は、手を握ってきた男の指へと視線を移す。そのままシフトノブの上に持っていかれる。

周平は、佐和紀の手ごとシフトを変えた。スッとギアの入る瞬間は、小気味よい。

運転技術の高さは、セックスの上手さと同じだ。どんな暴れ馬も乗りこなす男は、道路の端へと車体の低いコンバーチブルを滑り込ませた。大胆なのに繊細で、前後の車に当たりそうで当たらない。

「出発まで、あと十分だ。遅くなって悪かったな」

「いいよ。長話は迷惑になるだけだ」

引き寄せられるままに重なるくちびるは、足代わりに使った駄賃だ。すぐに解放されて、佐和紀は車を出た。

先に着いていた岡村が駆け寄ってくる。

「あちらにいらっしゃいます。土産はもう渡しました。アニキ、俺が車を停めてきます」

周平が降りた車に岡村が乗る。佐和紀は長距離バスの乗り場へ急いだ。

夜も遅い駅前のバスターミナルは、家へ帰る人間と旅立つ人間が交錯している。

「佐和紀！　こっちだ」

晴れやかな顔で手を振る繁の隣には、眠そうな目をこする光がいた。そばには、石垣と三井がすでに揃っている。

「周平。顔に出てるぞ」

隣に立つ亭主を、佐和紀は軽くひじで突いた。顔を見なくても、考えていることはわかる。繁から呼び捨てにされるのを聞いて、気を悪くしているのだ。

百戦錬磨の色事師のくせに、ときどき妙に心が狭い。

「松浦組長が丹精込めて育ててきたのに、いまさら悪い虫がつくと困るだろ。俺の信用に関《かか》わる」

「偉そうに……、繁さんはそういうんじゃないだろ」

着物の衿を指でしごき、佐和紀は周平から離れた。光へと足早に近づく。

「遅くなって悪かったな。事故で道が混んでて」

「来てくれてありがとう。岩下さんも、ありがとうございます」

あくびを噛み殺した光は、子どもながらに精一杯の挨拶をして頭を下げる。繁も慌てて腰を曲げた。

「しっかりしろよ。お父さん」

佐和紀がからかって拳をぶつけると、苦笑いで身をかわす。

「急な出発になって悪かったな。里美の遠縁の会社が雇ってくれることになったんだ。人が足りないらしくって。俺、新しい土地で頑張って、すぐに金返すから」

「いや、身軽になるとまた背負いたくなるのが、あんたなんだから、少しずつやった方がいいんじゃない？　無理しないように」

佐和紀の言葉に照れ笑いを浮かべた後で、ぐっとくちびるを引き結ぶ。後ろに立つ周平に対して、深く頭を下げた。

「ヤクザと関わるのはもう懲りただろう？」

言葉を交わさない二人を横目に、佐和紀は光に声をかける。

まっすぐな子どもの目に映る自分の姿を見た。

「佐和紀さんはやっぱりヤクザっぽくないよ。なんていうか、街の荒くれ者……みたいな」

「なんだよ、もっとタチが悪いな。……光。自分の人生を、大人のせいにするなよ。子どもは親を選べない。でも親だって子どもを選べない。どっちもどっちだ。……おまえの父親がどうしようもないヤツだったとしても、そんな自分のダメなところを背負い込んで生きてるんだ。その点ではさ、立派な大人だってこと、忘れるな」

まだ丸みの残る頬を、そっと指の関節でなぞる。滑らかな肌は無垢《むく》だ。

「子どもにしてやることじゃないだろ」

周平の笑い声が聞こえ、手を引き剝がされた。

「何が？」

ムッとして睨んだが、胸を押さえる光の頬が真っ赤になっていることに気づき、もう一度、周平に向かって目を据わらせる。

余裕の笑みを浮かべた周平は、ポケットから取り出した袋を光へと突き出した。ビニール袋の中には、時計と保証書が入っている。

「ケチがついた時計だ。おまえにやるよ」

佐和紀の行動に頬を染めていた光は、袋の中身をじっと見つめ、大きく息を吸い込んだ。

「でも……っ」

「保証書はやるけど、箱はやらない。価値が理解できる大人になったら、つけてみろ。本物だと思ってもらえるかどうかは、おまえ次第だ」

隣から覗き込んできた三井が「ゲッ」と呻いてのけぞる。もったいないの一言が、石垣の手のひらに抑えられ、もごもごとくぐもった。

「……ありがとう」

本当の価値なんて想像もつかない光は、手の中の時計を眩しそうに見つめるだけだ。佐和紀はアスファルトをどんっと踏み鳴らした。

「声が小さい！」

一喝すると、三井と石垣もつられて背筋を伸ばす。

「ありがとうございます！」

直立不動の体勢になった光が大きな声を張りあげた。はにかんで、くちびるを噛む仕草があどけない。

自分まで怒られたような気になっていた三井と石垣が肩の力を抜いて笑い、朗らかな雰囲気がそれぞれを包んだ。

繁が何度も繰り返す感謝の言葉を適当に聞き流し、佐和紀は親子二人を高速バスの乗車列へと押しやった。

「どんな親でも一緒にいられたら幸せだ」

佐和紀の最後の言葉に、光は涙を浮かべて手を振る。

もう会うことはないだろう。その実感が胸に迫り、佐和紀の目頭も熱くなる。

バスへ吸い込まれた二人が、今度は窓ガラス越しに顔を見せた。走り出すバスに手を振ると、光はいっそう顔を歪めた。泣きながら笑おうとして、おかしな表情になる。

やがてバスは角を曲がり、見えなくなった。

「あー、行っちゃったなぁ」

佐和紀の心を代弁した三井が肩を落とす。石垣がその肩を叩いた。佐和紀たちとは違う場所でバスを見送った岡村が合流すると、周平がジャケットの裾を跳ね上げた。

スラックスのポケットに手を入れる。

「せっかくだ。飲み行くか」

アニキ分の号令に、三井がガッツポーズで喜びの声を出す。

「おまえさ、何が嬉しいの。いつものメンツだろ」

石垣があきれたように肩をすくめる。

「え？　タモッちゃん、嬉しくないの？　アニキがプライベートで一緒なのはめったにないだろ」

「おまえ……」

石垣が続きを言う前に、指先で眼鏡を押し上げた周平が笑う。

「タモツは俺がいると嫌か？」

「えぇっ！　まさか！　やめてくださいよ！」

別れのさびしさを打ち消すようなやりとりを見ながら、佐和紀は両手で髪を掻き上げた。ついでに空へと伸ばす。

やっと打撲痕の消えた腕が外気に晒され、喉の渇きを覚える。

「親といて幸せなのは、子どものうちだけだ」

そう口にすると、四人がめいめいに振り向く。

周平だけじゃなく、石垣も三井も岡村も。長屋時代と決別した佐和紀の心を気にかけている。

佐和紀は首を傾げ、耳と肩とを近づけた。

「俺には、おまえらがいるしな」

だから、さびしくない、とは続けなかった。口にすれば弱音になる。

別れはたまらなく胸を締めつける。だけど、別れのない人生なんて存在しない。光もこれから何度だって別れを経験していく。

その中で、きっと、長く一緒にいられる相手とも出会う。

それが人生の醍醐味《だいごみ》だ。

「家族みたいなもんだしなぁ」

佐和紀は、四人を見渡した。旦那と、その舎弟たちだ。

「岩下組でも作りますか」

岡村がにこりともせずに口にして、

「シンさん、それはシャレになりませんよ」

石垣が声をひそめた。

周平だけが笑う。どこの店に行こうかと佐和紀に聞いてくる。答えずに、別の疑問を投げ返した。

「あの時計、クルーザーのご褒美なんだろう？」

「何の話だ」

しらじらしい態度を視線で咎めたが、どうでもよくなって吐息をつく。あの日、二人で席を離したとき、周平は先に帰れと光に交渉したはずだ。三井の点数稼ぎとは別のところで、周平には周平の策略があったと思う。

「おまえに惚れた不幸が、人生最大の幸福だなんてバカみたいだ」

見つめたまま言うと、周平の顔から表情が消える。真顔を覗き込み、にやりと笑いかけて、ジャケットの胸元に拳を押し当てた。

「後悔、させてないだろ」

真剣な声で言った周平は、壊れ物を扱うように佐和紀の拳を包む。一瞬だけ物憂げに細めたまなざしに向かって、佐和紀は答える。

「自分の選んだ人生を、俺は後悔しない」

周平の腕がするっと腰に回り、キスされそうになって顔をそむけた。

「お預けだ、周平」

腕の中からするりと抜けて、三井の背中へ逃げる。

クルーザーでつけた膝のアザはまだ消えない。きっと、今夜の別れがさびしくなくなった頃、やっと薄れていくのだろう。

「岩下組だー。飲みに行くぞー」

「だから、シャレにならねぇって言ってんだろ」

のんきな三井の叫びに、石垣がこめかみを引きつらせて怒る。

「その話でどれだけ揉めたか、忘れたわけじゃないよな。タカシ、聞けよ、てめぇ！」

騒がしい舎弟を放っておいて、周平はやっぱりキスを仕掛けてくる。

「下で繋がれない分、こっちぐらいはさせろよ」

「誰のせいで、両膝をやられたと思ってんだ」

「燃えただろ？」

海風の中で、四つ這いになって泣き叫んだ記憶が甦り、佐和紀はくちびるを嚙んだ。明後日《あさって》の方向を睨む。

「ガキが消えて悲しいなら、今夜も埋めてやる。船を出すか？」

いやらしい言葉を投げてくる周平の本音はわかっている。

だから、佐和紀は微笑んでそばから離れた。

「シン。どこへ飲みに行く」

「この展開で、俺に声をかけるんですか……」

「問題あるか？」

腕を引っ張って歩き出す。三井たちに声をかけた周平も、ゆっくりとした足取りで後を追ってくる。

別れの悲しみが街の灯りに差し込み、佐和紀の心にトゲを刺す。

大人だから、こんなことでは泣いたりしない。

でも、大人だから、ただ抱きしめられていたいこともある。

それはもっと夜が深まってから。騒ぎに騒いで、何もかもを忘れたつもりになった後の話だ。

「佐和紀さん、大丈夫ですか」

岡村が声をひそめる。

「平気。周平の相手をしてる方が、よっぽど大丈夫じゃないからな」

はっきりと答えて胸を張った。繁華街へと足を向け、佐和紀は笑う。指のリングにそっと触れた。

長屋での暮らしを楽しいとしか覚えていない自分を笑う。あれは、それほど楽な日々じゃなかった。なのに、今が満ち足りているから、これまでの人生さえすべて優しく思える。そんなこともあるのだ。

岡村から離れ、周平に従う石垣と入れ替わった。ポケットに両手を突っ込んだ三井が、焼き鳥を食べようと提案しながらチンピラ歩きで道を開けさせる。

周平の隣に並び、佐和紀は賑やかな街を眺めた。リングをいじりながら、そっけなく口を開く。

「意外と平気じゃない」

「知ってる」

短く答える周平の声が、胸に沁みる。振り向いて、互いの眼鏡越しに見つ合った。

「岩下組なんて冗談じゃないよな」

周平がふいに笑う。

「俺にそんな暇はないし、おまえだってあっちもこっちも面倒見れないだろう」

手を強く握られる。周平は、まっすぐに前を見たままだ。

『こっち』が岩下組のことなら、『あっち』はどこなのか。

考えた佐和紀は笑えない冗談に目を伏せる。

「そんな器じゃないよ」

いつでも下につくと言った豊平の顔を思い出す。それはきっと、とんでもない話だ。

「そんなことはな、周りが決めるんだ」

「ないなぁ、周平。それはないよ」

可笑しくなって笑う。

「……俺と結婚したことが一番『ありえない』なら、もう何が起こっても不思議じゃないだろう。おまえが、あの古巣を背負う日だって、来ないとは限らない」

「おまえが言うと本当になりそうで……嫌だな。だいたい、オヤジが怒るよ」

「そんなわけないだろう。おまえを一人前の男にしてくれって頼んできたのは松浦組長だ」

「本気かよ」

「さぁ、どうだろうな」

急に話をはぐらかした周平が視線をそらす。

「そんな未来も、ないわけじゃない、って話だ。佐和紀」

「んなこと言って、新しい嫁をもらおうとか考えてんじゃねぇの?」

手を振りほどいて、睨みつける。一瞬だけ唖然とした周平が、弾けるように笑い出す。舎弟の三人がぎょっとして振り向いた。

「女房と味噌《みそ》は古い方がいいって言うだろう」

周平がにやにや笑い、

「女房と畳は新しい方がいいとも言うけどな」

佐和紀は斜に構えた。

「何の話？」

三井が眉をひそめて二人を見比べる。その隣で石垣がため息をつく。

「夫婦ゲンカは犬でも食わないって言いますよね」

同意を求められた岡村が答える。

「割れ鍋《なべ》に綴《と》じ蓋《ぶた》の喩《たと》えもあるわけだし」

「だからー。何の話？」

ますます顔をしかめる三井に、佐和紀たちの視線が集まった。

「おまえの番だ」

周平の一言に、ハトが豆鉄砲を食らったような顔で自分を指さす。

「え？　俺、ですか……」

「そうだよ。おまえがオチだ」

佐和紀も腰に手を当ててあごをそらす。

「えー。っていうか、みんなして……。えぇー。何、ことわざ?」

ぶつぶつと繰り返し、手をぽんっと打った。

「棚からぼたもち!」

「全然、オチてねぇよ」

はぁぁっと深いため息をついた石垣がうなだれる。

「え? え? ダメ? ダメだった?」

三井が騒ぐ。この際、話のオチがついたかどうかはどうでもいい。

『棚からぼたもち』だってさ、周平」

佐和紀が言うと、眩しそうに目を細めた色男は、性的なくちびるを歪める。

「オチはついただろう。俺は、おまえだけで腹いっぱいってことだ」

「なんだよ。調子いいことばっか言って」

拗ねた素振りの佐和紀は一人で歩き出す。

両隣に石垣と岡村が並ぶ。二人を従えた佐和紀は勝手に行先を決める。

自分の決める、自分の行きたい場所だ。

石垣と岡村がやんやと賛同して、夏の気配をさせた夜風が街の中を吹き抜けた。

いつもの仲間に囲まれる佐和紀は、風の優しい感触にさえ、後ろから見守り続ける周平の気配を感じていた。

あとがき

こんにちは。高月紅葉です。

またしても大幅加筆でお目見えになりました『仁義なき嫁シリーズ』第二部・第一巻『海風編』はお楽しみいただけましたでしょうか。

ここから参入された方でも手探りでついて来られるように、成り行きなどを書き加えましたが、消化不良のみなさまにはぜひ第一部を読んでいただければと思います。ちなみに、紙書籍は三巻までがアズノベルズ（イースト・プレス刊）で新書として、四巻から六巻までは、いま読んでいただいているラルーナ文庫から出ています。新書は非常に手に入りにくくなっていますので、電子書籍をお勧めします。文庫版は加筆大量ですが、新書版は電子書籍版とほぼ変わりませんので。

電子書籍では過去に発行した同人誌などをまとめた短編集も配信中です。そして、第二部については『続・仁義なき嫁』として文庫よりも先に巻数を重ねていますのでよろしくお願いします。

今回の第二部の刊行は予定よりも早くなり、これもひとえに読者のみなさんの愛とご支援のおかげです。編集部へのお手紙、ツイッターやサイトへの感想、そして同人誌即売会でのお手紙や温かいお言葉を本当にありがとうございます。新作執筆の際には必ず感想を読み直し、みなさんの仁嫁愛に少しでも報いる作品をと肝に銘じて取りかかります。なので、今回もまた岩下夫婦のラブっぷりにあてられつつも楽しんでいただけたなら幸いです。なぜか、周平&三井の喫茶店シーンが恒例になりつつあるのですが、三井は本当にアニキが好きですね。そして、深みにハマっていく岡村と、踏みとどまりたい石垣(笑)。

次巻は、周平の右腕と佐和紀の過去の男が登場です。どんなイラストになるのか、私はそこが楽しみです。

末尾になりましたが、この本の出版に関わった方々と、最後まで読んでくださっているあなたの、善意に満ちた『みかじめ料』に心からのお礼を申し上げます。きっちりしっかり大滝組若頭補佐に上納して、今後よりいっそう嫁をエロかわいがってもらいたいと思います。またお会いできますように。

高月紅葉

イエ～♥
このお話は第2部スタートという事で、新しくイラストを描かせていただくコトになり、イメージを壊していないかドキドキしています
ケンカの強い愛は大好物です！佐和紀もかわいい♥
そして三井がお気に入り……。アホかわいい。
ねむい…
ありがとうございました♥
高峰顕

電子書籍『続・仁義なき嫁1～海風編～』に加筆修正

ラルーナ文庫

この本を読んでのご意見・ご感想・ファンレターなどお待ちしております。〒111−0036 東京都台東区松が谷1−4−6−303 株式会社シーラボ「ラルーナ文庫編集部」気付でお送りください。

仁《じん》義《ぎ》なき嫁《よめ》　海《うみ》風《かぜ》編《へん》

2016年11月7日　第1刷発行

著　　者｜高月紅葉《こうづきもみじ》

装丁・DTP｜萩原 七唱

発 行 人｜曺 仁警

発 行 所｜株式会社 シーラボ
〒111-0036　東京都台東区松が谷1-4-6-303
電話　03-5830-3474／FAX　03-5830-3574
http://lalunabunko.com

発　　売｜株式会社 三交社
〒110-0016　東京都台東区台東4-20-9　大仙柴田ビル2階
電話　03-5826-4424／FAX　03-5826-4425

印刷・製本｜シナノ書籍印刷株式会社

　ISBN978-4-87919-977-5